KB186283

宮本武蔵

요시카와 에이지 대하소설

미야모토 무사시

7

공空의 권 下

잇북
it BOOK

차례

칼을 가는 소년

1

그곳은 시모우사下総의 교토쿠行德 마을에서 10리쯤 떨어진 한적한 마을이었다. 아니, 마을이라고 할 수 없을 정도로 집도 몇 채 없었다. 한쪽에 가는 대나무와 갈대와 잡목이 자라고 있는 황야였는데, 마을 사람들은 호덴가하라法典ヶ原라고 부르는 곳이다.

히타치常陸 가도 쪽에서 한 나그네가 걸어오고 있었다. 이 부근의 길과 숲은 소마相馬의 마사카도將門가 반도坂東에서 위세를 떨치던 무렵의 모습을 그대로 간직하고 있는 듯 적요했다.

"허어, 참."

무사시武蔵는 해가 저물자 발길을 멈추고 들길의 갈림길에 서서 망설이고 있었다. 들녘 끝으로 긴 그림자를 드리운 가을 햇살에 군데군데 고여 있는 물이 붉게 물들어 있었다. 발밑은 이미 어둑어둑했고, 풀과 나무의 색깔도 분명치 않았다.

무사시는 불빛을 찾았다. 간밤에는 들판에서, 그저께 밤에는 산에서 돌을 베고 잤다. 네댓새 전 도치기栃木 부근의 언덕에서 소나기를 만난 이후부터 몸이 좀 으슬으슬하다. 감기 같은 건 모르고 살았는데, 어쩐지 오늘 밤에는 밤이슬이 걱정되었다. 초가집 처마 밑이라도 좋다. 불과 따뜻한 피밥이 그리웠다.

"어디선가 소금 냄새가 나는데……. 40~50리쯤 가면 분명 바다가 나오겠군. 그래, 소금 냄새를 따라서 가자."

그는 다시 들길을 걷기 시작했다.

그러나 자신의 예상이 맞을지 어떨지는 몰랐다. 만약 바다도 나오지 않고 인가의 불빛도 보이지 않는다면 오늘 밤에도 가을 풀숲에서 잘 수밖에 없다.

빨간 해가 지면 오늘 밤에도 둥근 달이 뜰 것이다. 들판은 온통 벌레 우는 소리로 귀가 멍멍할 정도였다. 터벅터벅 걸어가는 그의 조용한 발소리에 놀라 벌레들이 무사시의 옷자락과 칼자루에 들러붙었다.

무사시는 자신이 풍류를 안다면 이런 밤길도 즐기며 걸어갈 수 있으리라 생각했다.

그는 스스로에게 물었다.

'지금, 즐거워?'

그러나 '아니.'라고 대답할 수밖에 없는 기분이었다.

'사람이 그리워.'

'먹을 게 필요해.'

'고독에 지쳤어.'

'수련을 하느라 육신이 피로해.'

솔직히 이런 생각이 들었다.

그렇다고 여기서 포기할 그가 아니었다. 그는 쓰디쓴 반성을 하면서 걸어가고 있었다. 기소木曾의 나카센도中山道를 따라 에도江戸로 가려고 했는데, 에도에 도착하기 며칠 전에 다시 미치노쿠陸奥로 방향을 틀었다. 그러다가 그로부터 1년 반 남짓 지난 지금에 와서야 에도로 갈 생각을 한 것이다.

무사시가 에도를 코앞에 두고 미치노쿠로 방향을 튼 이유는 스와諏訪의 숙소에서 만난 센다이仙台 가의 가신인 이시모다 게키石母田外記의 뒤를 쫓아가기 위해서였다. 그가 자신도 모르는 사이에 보따리 속에 넣어둔 돈을 그에게 돌려주어야만 했기 때문이다. 무사시로서는 그런 물질적인 도움을 받는 것이 마음의 큰 부담이었다.

'센다이 가를 섬길 바에는……'

무사시는 자존심이 세다. 설령 수련에 지치고, 허기에 시달리고, 길 위를 떠도는 신세라도 자신의 포부를 생각하면 절로 웃음이 나온다. 그의 원대한 포부는 다테伊達 공이 60여만 석을 들여서 맞아준다고 해도 아직은 만족하지 못할 것이 분명했다.

"응?"

발아래에서 물소리가 갑자기 크게 들렸다. 무사시는 흙으로 만든 다리 위에서 걸음을 멈추고 어둠에 잠긴 작은 시내를 내려다보았다.

2

뭔가가 찰박찰박 물소리를 내고 있었다. 아직 들녘 끝에 걸린 구름이 붉은 만큼 다리 아래는 더욱 어두웠다.

"수달인가?"

다리 위에 서서 뚫어지게 바라보던 무사시는 이윽고 그것이 어린 소년이라는 것을 알았다. 인간의 자식이라고는 하지만 소년은 수달과 별반 다르지 않은 얼굴을 하고 있었다. 소년은 다리 위에 있는 사람을 아래에서 의심에 찬 눈빛으로 올려다보고 있었다.

"애야, 뭘 하고 있느냐?"

아이만 보면 특별한 이유 없이 늘 말을 걸고 싶어지는 무사시가 소년에게 물었다.

"미꾸라지."

소년은 짧게 대꾸하고 소쿠리를 물속에 넣고 흔들고 있었다.

물의 권 1

"아, 미꾸라지냐?"

아무 의미도 없는 이런 대화도 허허벌판이나 다름없는 들판에서는 친근하게 들린다.

"많이 잡았니?"

"가을이라 별로 없어요."

"나한테 조금 나누어주지 않겠니?"

"미꾸라지를요?"

"이 수건에 한 줌만 싸다오. 돈은 줄 테니까."

"미안하지만 오늘 잡은 미꾸라지는 아버지한테 드려야 해서 줄 수가 없어요."

소쿠리를 끼고 시내에서 뛰어 올라온 소년은 다람쥐처럼 싸리나무 사이를 헤치고 재빠르게 사라져버렸다.

"그놈, 참 날래네."

혼자 남겨진 무사시는 쓴웃음을 지었다. 자신의 어렸을 적 모습이 떠올랐다. 친구인 마타하치又八에게도 저런 시절이 있었지 하고 생각했다.

'조타로城太郎도 처음에 봤을 때는 딱 저만했는데…… 그런데 그 후에 조타로는 어떻게 됐을까? 어디서 뭘 하고 있을까?'

오쓰お通와 함께 헤어지고 나서 햇수로 3년째다. 그때 열네 살이었으니까, 작년에 열다섯 살…….

"아아, 조타로도 벌써 열여섯이구나."

조타로는 이렇게 가난한 자신을 스승님이라 부르고, 스승으로 따르고, 스승으로 섬겨주었다. 하지만 자신은 그에게 해준 것이 아무것도 없었다. 그저 오쓰와 자신의 중간에서 고생만 시켰을 뿐이다.

무사시는 다시 들판 한가운데에 멈춰 섰다.

조타로는 물론이거니와 오쓰와의 이런저런 추억에 잠겨서 한동안 피곤한 줄도 모르고 걷다 보니 그만 길을 잃고 말았던 것이다.

그러나 다행히 하늘에 둥근 달이 떠 있었다. 벌레들은 요란하게 울어댔다. 이런 밤이면 피리를 즐겨 불던 오쓰의 모습이 떠올랐다. ……벌레들의 울음소리가 모두 오쓰의 목소리, 조타로의 목소리로 들렸다.

"아, 집이 있다."

불빛이 보였다. 무사시는 잠시 모든 것을 잊고 그 불빛을 향해 걸어갔다. 가까이 가서 보니 집 한 채가 보였는데, 참억새와 싸리가 기울어진 처마보다 더 길어 보였다. 커다란 물방울처럼 보이는 것은 벽을 타고 올라간 박꽃들이었다.

무사시가 다가가자 집 옆에 매어둔 말이 갑자기 숨을 거칠게 내쉬며 화를 내듯 울었다.

"누구야!"

말의 울음소리를 들었는지 불이 켜진 집 안에서 누군가 소리쳤다. 그를 보니 아까 미꾸라지를 잡던 소년이었다. 이것도 인연인 듯싶어서 무사시는 저도 모르게 미소를 지으며 물었다.

"하룻밤 재워주지 않겠니? 날이 밝는 대로 떠날 테지만."

무사시의 말에 소년은 아까와는 달리 무사시의 얼굴과 모습을 찬찬히 뜯어보더니 순순히 고개를 끄덕였다.

"좋아요."

3

정말 심하다. 비라도 내리면 어떻게 할지 지붕과 벽에서 달빛이 새어 들어왔다. 여장을 풀어도 걸어놓을 만한 못도 없었다. 판자 바닥에는 거적이 깔려 있었지만, 그곳에서도 바람이 들어왔다.

"아저씨, 아까 미꾸라지를 달라고 했죠? 미꾸라지를 좋아하세요?"

소년이 앞에 꿇어앉더니 물었다.

"……"

무사시는 대답하는 것도 잊고 소년을 바라보고 있었다.

"뭘 그렇게 봐요?"

"몇 살이니?"

"응?"

소년은 당황하며 되물었다.

"내 나이요?"

"그래."

"열둘이에요."

"……."

토착민들 중에도 이렇게 기백이 좋은 아이가 있구나 하고 무사시는 넋을 잃고 빤히 바라보았다.

소년의 얼굴은 물에 씻지 않은 연근처럼 때에 절어 있었고, 머리카락은 덥수룩하게 길어서 새똥 같은 냄새가 풍겼다. 그러나 건강해 보이는 체격과 때에 전 얼굴 속에서 반짝이는 눈은 특별한 데가 있었다.

"조밥이 조금 있어요. 미꾸라지는 이미 아버지께 드렸는데, 먹겠다면 가져다줄게요."

"고맙구나."

"물도 마실 거죠?"

"그래."

"기다리세요."

소년은 판자문을 덜컥 열고 옆방으로 갔다. 땔감을 분지르는 소리와 풍로에 불을 붙이는 소리가 들리더니 이내 집 안이 연기로 가득 찼다. 천장과 벽에 붙어 있던 수많은 곤충들이 연기에 쫓겨 밖으로 도망갔다.

"다 됐어요."

소년이 음식을 아무렇게나 바닥에 늘어놓았다. 짠 미꾸라지와 검은 된장, 그리고 조밥.

"잘 먹었다."

무사시가 그렇게 말하며 좋아하자 소년도 흡족해하며 물었다.

"맛있었어요?"

"고맙다는 인사를 하고 싶은데 이 집 주인은 벌써 주무시니?"

"아니요, 깨어 있잖아요."

"어디에?"

"여기요."

소년은 손가락으로 자기 얼굴을 가리키며 말했다.

"다른 사람은 아무도 없어요."

무슨 일을 해서 먹고사는지 묻자 예전에는 농사를 잠깐 지었는데 아버지가 병을 앓게 된 뒤로는 농사를 그만두고 자기가 마부를 하며 돈을 벌고 있다고 했다.

"아, 기름이 떨어졌네. 손님, 이제 잘 거죠?"

등불은 꺼졌지만, 달빛이 새어 들어오는 집 안은 아무것도 불편하지 않았다.

무사시는 얇은 짚 이불에 목침을 베고 벽에 붙어서 잤다. 깜박 잠이 들려는데 아직 감기 기운이 남았는지 모공에서 땀이 솟았다. 그때마다 무사시는 꿈속에서 비가 내리는 듯한 소리를 들었다.

밤새도록 들려오는 벌레 소리는 어느새 그를 깊은 잠 속으로 끌고 들어갔다. ……만약 그것이 숫돌에 날붙이를 가는 소리가 아니었다면 그는 깊은 잠에서 깨지 않았을 것이다.

"응?"

무사시는 몸을 일으켰다. 판자문 옆에서 숫돌에 무언가를 가는 힘이 전해져서 기둥이 미세하게 움직였다.

뭘 갈고 있는지는 문제가 아니었다.

무사시는 바로 베갯맡에 있는 칼을 잡았다. 그러자 옆방에서 소년이 말했다.

"손님, 아직 안 주무셨어요?"

4

자기가 일어난 것을 옆방에서 어떻게 알았을까? 무사시는 소년의 예민함에 놀라면서 물었다.

"이런 야밤에 넌 뭘 하려고 칼을 가는 거냐?"

그러자 소년은 킬킬 웃으며 대답했다.

"뭐야! 아저씨, 이 소리에 놀라서 잠을 못 잔 거예요? 겉은 강해 보이지만, 속은 겁쟁이구나?"

무사시는 입을 다물었다. 소년의 모습을 한 귀신과 이야기를 나누고 있는 듯한 기분이 들었기 때문이다.

스걱, 스걱, 스걱……. 소년의 손이 또다시 숫돌 위에서 움직이고 있는 듯했다. 무사시는 소년의 거침없는 말투며 숫돌을 흔드는 손가락 힘에 궁금증을 억누를 수 없었다.

"……?"

무사시가 문틈으로 엿보니 그곳은 부엌과 거적을 깐 두 평 정도의 작은 침실이었다. 미닫이창으로 비치는 달빛 아래에서 소년은 숫돌을 고정시켜놓고 한 자 대여섯 치쯤 되는 칼을 갈고 있었다.

"뭘 베려는 거냐?"

무사시가 문틈으로 묻자 소년은 잠깐 돌아보았을 뿐 아무 말도 하지 않고 그저 칼만 열심히 갈았다. 그리고 이윽고 날이 퍼렇게 선 칼의 물기를 닦아내고는 무사시 쪽을 보고 물었다.

"아저씨, 이것으로 사람의 몸을 두 동강 낼 수 있을까요?"

"글쎄다, 기술에 달려 있겠지."

"기술이라면 나한테도 있어요."

"도대체 무얼 자르려는 거냐?"

"우리 아버지요."

"뭐라고……?"

무사시는 깜짝 놀라 판자문을 열고 소리쳤다.

"이 녀석, 누굴 놀리는 거냐?"

"농담 아닌데요?"

"아버지를 자른다고? 네 말이 사실이라면 넌 사람의 자식이 아니다. 이런 들판에서 아무리 짐승처럼 자랐더라도 부모가 어떤 존재인지는 자연스럽게 알게 될 터. ……하물며 짐승에게도 혈육의 본능이 있거늘 너는 아버지를 죽이기 위해 그 칼을 간단 말이냐?"

"음……. 하지만 자르지 않으면 가지고 갈 수 없는 걸요."

"가지고 가다니, 어디로?"

"산에 있는 무덤으로요."

"뭐?"

무사시는 그제야 한쪽 벽의 구석으로 시선을 돌렸다. 아까부터 그곳에 신경이 쓰이긴 했지만 설마 그것이 소년의 아버지의 시신이라고는 꿈에도 생각하지 못했다. 자세히 보니 시신에는 목침이 받쳐져 있었고, 지저분한 농부의 옷이 덮여 있었다. 그리고 한 그릇의 밥과 물, 아까 무사시에게도 준 삶은 미꾸라지가 나무 접시에 담겨 있었다.

죽은 소년의 아버지는 생전에 미꾸라지를 좋아했던 모양이다. 소년은 아버지가 죽자 아버지가 가장 좋아했던 음식이 무엇이었는지를 생각해내고, 가을이 반이나 지난 냇가에서 열심히 미꾸라지를 잡고 있었던 것이 분명하다.

　그런 줄도 모르고 미꾸라지를 나누어달라고 했던 자신의 무심한 말이 무사시는 새삼 부끄러웠다. 동시에 아버지의 시신을 산에 있는 묘지까지 혼자 힘으로는 가지고 갈 수 없어서 시체를 두 동강 내서 가지고 가려는 소년의 강단에 혀를 내두르며 한동안 그의 얼굴을 물끄러미 바라보았다.

"아버진 언제 돌아가셨니?"

"오늘 아침에요."

"묘지는 멀어?"

"5리쯤 가면 되는 앞산이에요."

"사람을 불러서 절로 모시고 가면 되잖아?"

"돈이 없어요."

"내가 보시를 하마."

그러자 소년은 고개를 저으며 말했다.

"아버진 남에게 신세를 지는 걸 싫어했어요. 절도 싫어했고요. 그러니 필요 없어요."

5

소년의 한 마디 한 마디에서 남다른 기개가 느껴졌다. 아버지라는 사람도 짐작컨대 평범한 촌부는 아니었지 싶다. 사연이 있는 가문의 후손임이 분명하다.

무사시는 소년의 뜻대로 산에 있는 묘지까지 시신을 옮기는 데 힘을 보탰다. 그것도 산 아래까지는 시신을 말에 실어서 옮겼고, 험한 산길에서만 무사시가 시신을 등에 지고 올라갔을 뿐이었다.

묘지라고 해서 큰 밤나무 아래에 둥근 자연석이 하나 덜렁 놓여 있을 뿐 달리 비석도 하나 없는 산이었다.

시신을 묻고 나자 소년은 묘지 앞에 꽃을 놓고 합장했다.

"할아버지와 할머니, 어머니도 모두 여기에 잠들어 있어요."

'이건 또 무슨 인연이란 말인가.'

무사시도 함께 명복을 빌었다.

"묘석도 그리 오래되지 않은 듯한데, 네 조부님 대부터 여기서 살기 시작했느냐?"

"응, 그랬대요."

"그 이전엔?"

"모가미最上 가의 무사였는데 전투에 패하고 피신할 때 족보를 비롯해서 전부 불타버리고 아무것도 남은 게 없대요."

"그 정도 집안이면 묘석에 조부님의 존함쯤은 새겨놓았을 텐데 문장이나 연호도 없구나."

"할아버지가 묘에는 아무것도 써서는 안 된다고 말씀하시고 돌아가셨대요. 가모蒲生 가나 다테 가에서도 모시러 왔었는데 무사는 두 명의 주군을 섬기지 않는다고 하셨대요. 또 자신의 이름 등을 묘석에 새기면 섬겼던 주군을 부끄럽게 만드는 것이며, 이미 농부가 되었으니 문장도 아무것도 새기지 말라는 말씀을 남기고 돌아가셨대요."

"조부님의 함자는 들은 적이 있느냐?"

"미사와 이오리三沢伊織라고 하는데, 아버지는 농부였기 때문에 그냥 산에몬三右衛門이라고 했어요."

"넌?"

"산노스케三之助."

"친척은 있느냐?"

"누님이 있지만, 멀리 다른 지방으로 갔어요."

"누님뿐이냐?"

"응."

"내일부터는 뭘 하고 살 생각이냐?"

"역시 마부죠."

소년은 그렇게 말하자마자 무사시에게 물었다.

"아저씨, 아저씨는 무사 수련생이니 1년 내내 여행을 다니겠죠? 어디든 좋으니 날 데리고, 아니 내 말을 타고 같이 가지 않을래요?"

"……."

무사시는 조금 전부터 희끄무레하게 밝아오는 들녘을 바라보고 있었다. 그리고 이런 비옥한 땅에 사는 사람이 어째서 저리도 가난하게 사는지를 생각하고 있었다.

오토네大利根의 민물과 시모우사의 바닷물이 만나는 반도 평야는 몇 번이나 진펄로 변했고 수천 년간 후지 산富士山의 화산재가 그것을 메웠다. 그리고 다시 몇 대가 흐르는 동안 갈대와 잡목과 덩굴이 무성해졌고, 결국 자연의 힘이 인간을 이기게 되었다.

인간의 힘이 흙과 물과 자연의 힘을 자유로이 이용할 때 비로소 거기에서 문화가 탄생한다. 반도 평야에선 아직 인간이 자연에 압도되어 있었다. 인간의 지혜의 눈은 광활한 천지를 망연히 그저 바라보고만 있을 뿐이었다.

해가 떠오르자 주위에서 작은 들짐승이 뛰어다니고 새들이 날아다녔다. 아직 개척되지 않은 천지에서는 인간보다 짐승들이 자연의 혜택을 더 많이 받고 더 많이 즐기고 있는 듯이 보였다.

6

역시 아이는 아이였다.

땅 속에 아버지를 묻고 돌아올 때는 벌써 아버지를 까맣게 잊고 있었다. 아니 잊은 것은 아니겠지만, 들녘의 풀잎에 맺힌 이슬 사이로 떠오르는 태양에 슬픔 따위는 멀리 날려버린 듯했다.

"응? 아저씨, 안 돼요? 난 오늘 당장이라도 상관없어요. 이 말을 타고 어디까지든 날 데리고 가 주세요."

묘지에서 내려와 돌아오는 길에 산노스케는 무사시를 손님으로 대우하며 말에 태우고 자기는 마부가 되어 고삐를 잡고 있었다.

"……음."

무사시는 고개를 끄덕였지만 확실하게 대답은 하지 않았다. 그리고 속으로는 이 소년에 대한 기대가 컸다.

하지만 길 위에서 떠돌아다니는 자신의 처지가 먼저 떠올랐다. 과연 자신의 손으로 이 아이를 행복하게 해줄 수 있을까? 이 아이의 미래를 책임질 수 있을까? 그는 스스로에게 물어보았다.

이미 조타로라는 선례가 있었다. 그는 소질이 있는 아이였지만 자신이 유랑하는 처지였고, 또 이런저런 사정으로 인해 지금은 헤어진 채 그 행방조차 모른다.

'만약 그 때문에 잘못되기라도 했다면.'

무사시는 항상 그것이 자신의 책임이라도 되는 듯 가슴이 아팠다.

그러나 그렇게 나쁘게만 생각한다면 결국 인생은 한 걸음도 앞으로 나아갈 수 없다. 자신의 인생조차 한 치 앞도 모르는 게 인간이다. 하물며 앞으로 한창 성장해가는 소년의 앞날을 누가 보장할 수 있겠는가. 또 이러면 어떨까, 저러면 어떨까, 미리부터 고민할 필요도 없다.

'그저 아이가 타고난 소질을 갈고닦아 좋은 방향으로 갈 수 있도록 이끌어주는 것이라면…….'

그것은 할 수 있다고 생각했다. 또 그것으로도 충분하다고 스스로에게 대답했다.

"응? 아저씨, 안 돼요? 싫어요?"

산노스케가 자꾸만 졸라대자 그제야 무사시가 물었다.

"산노스케, 너는 마부가 되고 싶으냐, 무사가 되고 싶으냐?"

"그야 당연히 무사가 되고 싶죠."

"내 제자가 돼서 나와 함께 어떠한 고난도 감수할 수 있겠느냐?"

그러자 산노스케는 느닷없이 고삐를 내던지더니 이슬에 젖은 풀 속에 무릎을 꿇고 앉아 말머리 아래에서 무사시를 향해 부복하며 말했다.

"제발 부탁드리겠습니다. 저를 무사로 만들어주십시오. 그것은 돌아가신 아버지도 평소 바라던 일이었지만, 이날 이때까지 그런 부탁을 할 분을 만나지 못했을 뿐입니다."

무사시는 말에서 내려 주위를 둘러보다가 적당한 길이의 나뭇가지를 주워 산노스케에게 주고 자기도 비슷한 길이의 나뭇가지를 주워 들고 말했다.

"사제지간이 되느냐 마느냐는 아직 답을 줄 수 없다. 그걸 들고 날 공격해보거라. 네 실력을 보고 나서 무사가 될 수 있는지 없는지 결정하마."

"그럼, 아저씨를 때리면 무사로 만들어주시는 거예요?"

"날 때릴 수 있겠느냐?"

무사시는 미소를 지으며 나뭇가지를 들고 자세를 잡았다. 마른 나뭇가지를 잡고 일어선 산노스케가 정색을 하고 무사시에게 덤벼들었다. 무사시는 사정을 봐주지 않았다. 산노스케는 몇 번이나 비틀거렸다. 어깨를 맞고 얼굴을 맞고 손을 맞았다.

'곧 울겠군.'

무사시는 그렇게 생각했지만 산노스케는 좀처럼 포기하지 않았다. 결국 나뭇가지가 부러지자 산노스케는 무사시를 향해 온몸으로 덤벼들었다.

"건방진 놈!"

무사시는 산노스케의 허리끈을 잡고 땅바닥에 내동댕이쳤다.

"제기랄."

산노스케는 벌떡 일어나서 다시 무사시에게 덤벼들었다. 무사시는 그런 산노스케를 다시 붙잡아서 머리 위로 번쩍 들어 올리고는 말했다.

"어떠냐, 항복하겠느냐?"

산노스케는 허공에서 눈이 부신 듯 몸부림치면서 대답했다.

"싫어요."

"저기 있는 바위에 내던지면 넌 죽을 것이다. 그래도 항복하지 않겠느냐?"

"항복할 수 없어요."

"고집이 센 놈이군. 넌 이미 졌다. 항복한다고 말해라."

"그래도 난 살아만 있으면 아저씨한테 반드시 이길 수 있으니, 살아 있는 동안에는 절대로 항복하지 않아요."

"날 어떻게 이기겠다는 거냐?"

"수련을 해서……."

"네가 10년을 수련하면 나도 10년을 수련하지 않겠느냐?"

"하지만 아저씨는 나보다 나이가 많으니까 나보다 먼저 죽겠죠?"

"……음. ……으음."

"그럼, 아저씨가 관에 들어갔을 때 때릴 수 있고, 그러니 살아만 있으면 내가 이기는 거죠."

"……이런 맹랑한 녀석."

무사시는 정면에서 한 대 얻어맞은 것처럼 산노스케를 땅바닥에 내던졌지만, 바위가 있는 곳으로는 던지지 않았다.

"……?"

무사시는 맞은편에서 벌떡 일어선 산노스케의 얼굴을 바라보면서 오히려 유쾌한 듯 손뼉을 치며 웃었다.

또 다른 수련

1

"제자로 삼겠다."

무사시는 그 자리에서 바로 산노스케에게 말했다.

산노스케는 뛸 듯이 기뻐했다. 아이는 기쁨을 감추지 않았다.

두 사람은 일단 집으로 돌아왔다. 산노스케는 내일이면 이 집에서 떠난다는 생각에 비록 초라한 초가집이지만 자신까지 3대가 살던 집이구나 하고 섭섭한 듯 집 안을 둘러보았다. 그리고 밤이 새도록 조부와 관련된 추억이며 조모와 돌아가신 부모님에 대한 이야기를 무사시에게 들려주었다.

다음 날 아침, 무사시는 먼저 준비를 마치고 밖으로 나와 있었다.

"이오리, 이오리. 어서 나오거라. 가지고 갈 만한 물건은 아무것도 없겠지만, 있어도 미련은 두지 말거라."

"예, 지금 나갑니다."

산노스케가 뒤에서 뛰어나왔다. 옷만 걸쳐 입은 모습이다.

무사시가 지금 산노스케를 이오리라고 부른 것은 모가미 가의 가신이었던 그의 할아버지가 미사와 이오리여서 대대로 이오리 가라고 불려왔다고 들었기 때문이다.

"너도 내 제자가 되어 무사의 자식으로 돌아왔으니 지금부터는 선조의 이름을 그대로 따르는 것이 좋겠구나."

무사시는 산노스케가 아직 어린 나이였지만, 마음가짐을 새롭게 하기 위해 어젯밤부터 그렇게 부르기로 한 것이었다.

그런데 지금 뛰어나온 모습을 보니 여느 때처럼 마부의 짚신을 신고, 등에는 조밥 보자기를 짊어진 채 엉덩이까지 오는 짧은 덧옷 한 벌을 입고 있어서 아무리 봐도 무사의 자식 같아 보이지 않았다.

"말을 멀리 있는 나무로 끌고 가서 매어놓아라."

"스승님이 타세요."

"아니다. 괜찮으니까 저쪽에 매어놓고 오너라."

"예."

어제까지는 어떤 대답이든 '응'이었지만, 오늘 아침부터는 갑자기 '예'로 바뀌었다. 아이는 자신을 바꾸는 데 아무런 망설임도 없었다.

이오리는 멀리 말을 매어놓고 돌아왔다. 무사시는 아직 처마 아래에 서 있었다.

'뭘 보고 있는 거지?'

이오리는 의아했다. 무사시는 그의 머리에 손을 얹고 말했다.

"너는 이 초막에서 태어났다. 너의 굴하지 않는 정신과 기질은 이 초막이 키워준 거야."

"예."

무사시의 손을 얹은 채 작은 머리가 끄덕였다.

"네 할아버지는 두 주인을 섬기지 않는 절개를 지니고 이 초막에 은둔하셨고, 네 아버지는 그분의 절개를 지키기 위해 기꺼이 농부가 되어 젊었을 때부터 효를 다하시다 너를 세상에 남기고 돌아가셨다. 하지만 너는 이제 그 아버지를 보내드리고 오늘부터는 혼자 서야 한다."

"예."

"위대해지거라."

"예, 예."

이오리는 눈을 비볐다.

"3대에 걸쳐 비바람을 막아준 고마운 집에 이별을 고하고 예를 취하거라. ……그래, 이제 미련은 남지 않았을 것이다."

무사시는 그렇게 말하고 집 안으로 들어가서 불을 질렀다. 초막은 순식간에 불길에 휩싸였다. 이오리는 눈물을 머금은 채 바라보고 있었다. 그 눈동자가 너무나 슬퍼 보여서 무사시는 이오리가 납득할 수 있도록 설명해주었다.

"이대로 두고 가면 나중에 도둑이나 강도가 들어와서 살 것이다. 그리 되면 애써 충절을 지킨 분의 집이 세상을 어지럽히는 자들에게 이용될 것이기에 불을 놓은 것이다. 알겠느냐?"

"감사합니다."

초막은 순식간에 커다란 불덩이가 되더니 마침내 열 평도 되지 않는 재로 변해버렸다.

"스승님, 가시지요."

이오리가 길을 재촉했다. 그는 재로 바뀐 과거에는 아무런 감흥도 없는 듯했다.

"아니, 아직이다."

무사시는 고개를 저었다.

2

"아직이라니요? 아직 할 일이 더 남았습니까?"

이오리가 의아하게 쳐다보자 무사시는 웃으며 말했다.

"이제부터 초막을 다시 짓는다."

"예? 왜요? 방금 다 태워버렸잖아요."

"그건 어제까지 너의 선조들이 살던 초막이었고, 오늘부터 짓는 것은 우리 두 사람이 내일부터 살 초막이다."

"그럼, 다시 여기서 사는 거예요?"

"그래."

"수련은 떠나지 않고요?"

"이미 수련 중이다. 나도 너를 가르칠 뿐만 아니라 나 자신이 좀 더 수련을 해야 한다."

"무슨 수련이요?"

"뻔하지 않느냐. 검술 수련, 무사 수련, 그리고 마음 수련이다. 이오리 저기 있는 도끼를 가지고 오너라."

무사시가 가리키는 곳으로 가니 어느새 가져다 놓았는지 풀 속에 도끼와 톱, 농기구들이 불에 타지 않고 남아 있었다.

이오리는 커다란 도끼를 매고 무사시의 뒤를 따라갔다.

밤나무 숲이 보였다. 그곳에는 소나무와 삼나무도 있었다. 무사시는 옷을 벗고 도끼로 나무를 찍기 시작했다. 하얀 나무 파편들이 튀었다.

'도장을 만드는 건가? 이 들판을 도장으로 삼아 수련하려는 걸까?'

이오리는 아무리 설명을 들어도 무사시의 마음을 온전히 이해하기에는 아직 어렸다. 수련을 떠나지 않고 이곳에 머무는 것이 어쩐지 시시하게 느껴졌다.

쿵 소리와 함께 나무가 넘어갔다. 도끼는 계속해서 나무를 넘어뜨렸다. 힘줄이 불끈 솟은 무사시의 구릿빛 피부에서 검은 땀이 흥건하게 흘러내렸다. 요 며칠 동안의 타성과 권태, 외로움 등이 땀이 되어 흘러내리는 것 같았다.

그는 어제 새벽, 일개 농민으로 생을 마친 이오리의 아버지의 묘가 있는 산에서 미개척지인 반도 평야를 바라보며 불현듯 오늘 같은 일을 생각했던 것이다.

'한동안 검을 놓고 괭이를 들자! 검술을 연마하기 위해 참선을 하고, 책을 읽고, 차를 즐기고, 그림을 그리고, 불상을 조각하자.'

괭이를 드는 것도 검술 수련에 도움이 될 것이라고 생각했다. 게다가 이 광활한 대지는 그 자체로 수련을 하는 데에도 최고의 도장이고, 또 괭이로 개간한 땅은 반드시 몇 백 년이 흐르도록 수많은 사람들을 먹여 살리는 근간이 될 것이다.

본래 무사 수련은 행걸行乞을 원칙으로 삼고 있다. 불가와 다른 사문沙門처럼 사람들의 보시에 의해 배우고, 다른 사람의 처마를 빌려서 비바람을 피하는 것을 당연한 일로 여기고 있다.

하지만 한 끼의 소중함은 쌀 한 톨, 채소 한 포기라도 스스로 경작해보아야 비로소 알 수 있는 법이다. 일을 하지 않는 중의 말이 그저 구두선口頭禪으로만 들리는 것처럼 보시로 살아가는 무사 수련생이 검술만 수련하고 그것을 치국治國의 길에 활용할 줄 모른다면 세상과는 동떨어진 무골밖에 되지 못한다고 무사시는 생각했다.

무사시는 농사에 대해서는 알고 있다. 어렸을 때는 어머니와 함께 집 뒤에 있는 밭에 나가 농사를 지은 적도 있었다.

그러나 오늘부터 짓는 농사는 하루의 양식을 얻기 위해서가 아니라 마음의 양식을 얻기 위해서다. 그리고 행걸의 생활에서 벗어나 일해서 먹고사는 생활을 배우기 위해서다.

또 홍수나 폭풍과 같은 자연의 힘에 대해 포기할 줄만 아는 농민에게, 자자손손 피골이 상접한 가난을 대물림하면서도 여전히 눈을 뜨지 못하는 그들에게, 몸소 자신의 생각을 심어주고자 하는 바람도 있었다.

"이오리, 새끼줄을 가지고 와서 나무들을 묶은 다음 냇가 쪽으로 끌고 가거라."

무사시는 도끼를 놓고 팔뚝으로 땀을 닦으면서 말했다.

3

이오리는 새끼줄로 나무를 묶어서 끌고 왔고, 무사시는 도끼와 손도끼로 껍질을 벗겼다.

밤이 되면 벗겨낸 껍질로 모닥불을 피우고, 불 옆에서 나무를 베고 잤다.

"이오리, 어떠냐? 재미있지 않느냐?"

이오리는 솔직하게 대답했다.

"하나도 재미없어요. 농사를 지으려면 스승님의 제자가 되지 않아도 할 수 있는걸요."

"곧 재미있어질 거야."

가을이 깊어갔다. 하루가 다르게 벌레 우는 소리가 줄어들고, 풀과 나무는 말라갔다.

이 무렵부터 호덴가하라에는 벌써 두 사람이 살 오두막이 완성되었고, 둘은 매일 가래와 괭이를 들고 우선 발밑의 땅부터 개간하기 시작했다.

다만, 무사시는 땅을 갈기 전에 우선 부근 일대의 황무지를 직접 돌아다녀보았다.

'어째서 자연과 인간은 서로 이반한 채 이 땅을 잡목과 잡풀에 맡겨두고 있는 걸까?'

무사시는 깊이 생각해보았다.

'물이다.'

그리고 제일 먼저 치수治水의 필요성을 떠올렸다.

약간 높은 곳에 서서 바라보니 눈앞에 펼쳐진 거친 들판이 오닌의 난応仁の乱(일본 무로마치 시대의 오닌 원년인 1467년 1월 2일에 일어난, 쇼군 후계 문제를 둘러싸고 지방의 슈고 다이묘守護大名들이 교토에서 벌인 항쟁. 센고쿠 시대가 시작되는 계기가 되었다) 이후부터 센고쿠戦國 시대에 이르는 인간 세상과 흡사한 그림이었다.

반도 평야에 한 번 큰비가 내리면 물은 제각각 마음대로 물길을 만들고 흘러가고 싶은 대로 거친 물결로 흘러가며 돌을 나른다.

그런데 그것들을 받아들일 본류라는 것이 없었다. 날씨가 좋은 날 바라보면 본류가 될 수 있는 폭이 넓은 강줄기가 만들어져 있었지만 자연의 크기에 대한 포용력이 부족했고, 애초에 제멋대로 생긴 강줄기여서 질서도 없고 통제도 되지 않았다.

당연히 있어야 할 것인데 없는 것이 크고 작은 물길을 하나로 모아서 원하는 곳으로 흐르게 할 방향성이었다. 주체 스스로가 그때그때의 기상과 날씨에 좌우되어 어떤 때는 들판으로 흘러넘치고, 어떤 때는 숲을 가로지르고, 더 심할 때는 사람과 가축을 더럽히며 논밭까지 진흙 바다로 만들어버린다.

'쉽지 않겠어.'

무사시는 답사한 날부터 그렇게 생각했다. 그러나 그는 또 한편으로 그만큼 이 일에 비상한 열정과 흥미를 갖고 있었다.

'이건 정치와 같다.'

물과 흙을 상대로 이곳에 비옥한 인간의 땅을 일구려는 치수와 개간이 인간을 상대로 인문의 꽃을 피우려는 정치적인 포부와 조금도 다를 게 없다고 생각했다.

'그래, 우연찮게도 이 일은 내가 이상으로 삼는 목적과 일치한다.'

이때부터였다. 무사시는 검에 어렴풋한 이상을 품기 시작했다. 사람을 베고 이겨서 강하다는 말을 듣는 게 무슨 소용이란 말인가. 단순히 자신이 남보다 강하다는 것만으로는 외로울 뿐이다. 그의 마음은 채워지지 않았다.

1, 2년 전부터 그는 생각했다.

'남에게 이긴다.'

검으로부터 나아가서 검을 길로 삼았다.

'나를 이긴다. 인생을 이긴다.'

그런 마음을 간직한 채 지금까지도 여전히 그 길에 있었지만, 그럼에도 검에 대한 그의 마음은 여전히 만족스럽지 못했다.

'진정으로 검이 길이라면 검에서 깨우친 깨달음으로 사람을 살리지 못할 리가 없다.'

살殺과는 반대를 생각했다.

'그래, 나는 검을 통해 나 자신의 인간적 완성뿐 아니라 이 길을 통해서 치민治民을 도모하고 경국經國의 본을 세워 보이자.'

청년의 꿈은 원대하고 자유로웠다. 하지만 지금 그의 이상은 역시 단순한 이상에 지나지 않았다.

그 포부를 실행에 옮기기 위해서는 아무래도 정치적으로 요직에 오르지 않으면 불가능하기 때문이다.

그러나 이 황야의 흙과 물을 상대로 해서 그 꿈을 실현시키는 데는 정치적인 요직도 필요 없고, 의관을 갖추고 권력을 휘두를 필요도 없다. 무사시는 거기에 열정과 기쁨을 불태웠던 것이다.

4

나무뿌리를 파내고 돌멩이를 캐냈다. 울퉁불퉁한 땅을 평평하게 고르고, 큰 바위는 제방으로 쓰기 위해 나란히 늘어놓았다.

그렇게 매일매일, 새벽부터 별이 보일 때까지 무사시와 이오리가 호덴가하라의 한쪽 귀퉁이부터 개간을 하고 있으면 이따금 맞은편 강변에서 지나가던 마을 사람들이 가던 길을 멈추고 의아한 듯 웅성거렸다.

"뭘 하는 거지?"

"오두막을 짓고 저런 데서 살 생각인가?"

"저 아이는 죽은 산에몬의 자식 아냐?"

소문이 퍼지자 비웃는 자뿐만 아니라 일부러 찾아와서 친절하게 충고를 해주는 자도 있었다.

"어이 무사 양반. 당신이 아무리 그렇게 열심히 땅을 일궈봐도 소용없소이다. 폭풍우가 한 번 지나가면 말짱 도루묵이니까."

그러나 며칠이 지나 다시 와봐도 무사시가 이오리를 데리고 묵묵히 일을 하고 있자 친절하게 충고해준 그도 조금은 화가 난 듯 말했다.

"이보게, 괜히 고생해가며 쓸데없는 곳에 저수지를 만들지 말라니까."

또다시 며칠이 지나 와보니 귓구멍이 막힌 듯 두 사람이 여전히 똑같은 모습으로 일을 하고 있는 모습에 이번엔 정말로 화를 내며 무사시를 바보 취급했다.

"멍청하긴. 이런 수풀이나 강가에서 먹을 것이 난다면 우리들이 그리 고생하며 살겠는가!"

"흉년도 들지 않겠지."

"그만두게. 그런 곳을 파헤쳐봤자 헛수고야."

"생고생만 하는 거야. 쓸데없는 짓이라구."

무사시는 괭이로 땅을 일구며 웃기만 했지만, 이오리는 가끔씩 발끈해서 무사시에게 말했다.

"스승님, 다들 소용없는 짓이라고 떠들고 있잖아요."

"그냥 흘려들어라."

"하지만……."

이오리가 돌멩이를 집어 던지려고 하자 무사시는 눈을 부릅뜨고 꾸짖었다.

"이놈, 스승의 말을 듣지 않는 놈은 제자가 아니다. 무슨 짓이냐!"

이오리는 고막을 찢는 듯한 스승의 고함 소리에 깜짝 놀랐다. 하지만 손에는 여전히 돌멩이를 쥐고 있었다.

"젠장!"

이오리는 돌멩이를 근처에 있는 바위에 던지고 그 돌멩이가 불꽃을 튀기며 둘로 쪼개져 튕겨 나가는 것을 보자 왠지 슬퍼져서 괭이를 버리고 훌쩍훌쩍 울기 시작했다.

울고 싶으면 울라는 듯 무사시는 그런 그를 그냥 내버려두었다. 훌쩍이던 이오리는 점점 울음소리를 높이더니 결국에는 세상에 저 혼자뿐인 듯 대성통곡을 하기 시작했다.

"아버지! 어머니! 할아버지, 할머니!"

땅속에 있는 사람들에게 들리지도 않을 하소연을 하고 있는 것처럼 들려 무사시의 가슴도 먹먹해졌다.

이 아이도 고독하고, 나도 고독하다.

너무나 서럽게 우는 이오리의 울음소리에 초목도 심장이 있는지 황혼이 내리는 삭막한 들판 위로 바람이 불자 몸을 떨기 시작했다.

그리고 후드득, 후드득…… 비가 쏟아지기 시작했다.

5

"비가 내리는군. 한바탕 세차게 쏟아지겠는걸? 이오리야, 어서 돌아가자!"

무사시는 괭이와 가래 등의 농기구를 챙겨 들고 오두막 쪽으로 뛰기 시작했다. 오두막 안으로 뛰어들었을 때는 이미 비가 천지를 새하얗게 뒤덮으며 쏟아지고 있었다.

"이오리, 어딨느냐?"

뒤에서 따라온 줄 알았는데 이오리는 옆에도 없었고, 처마 끝에도 보이지 않았다.

창문으로 내다보니 무시무시한 번개가 구름을 가르고 들판을 향해 내리 꽂혔다. 그것이 눈앞을 뒤덮는 순간 손은 저도 모르게 귀로 향했고, 뇌성은 온몸으로 전해졌다.

"……."

무사시는 대나무 창틀에 튀어 오르는 빗방울을 얼굴에 맞으며 넋을 놓고 들판을 바라보았다. 이렇게 퍼붓는 폭우를 볼 때마다 무사시는 벌써 10년이 다 된 먼 옛날 일인, 싯포 사七宝寺의 천 년 묵은 삼나무에 매달렸던 일과 슈호 다쿠안宗彭沢庵의 목소리를 떠올리곤 한다.

오늘의 자신이 있게 된 것은 전적으로 그 삼나무 덕분이라고 생각한다. 그런 자신이 지금은 비록 어린아이이지만 이오리라는 제자를 두고 있다. 자신에게 과연 그 나무와 같은 무량광대한 힘이 있을까? 다쿠안 스님 같은 배포가 있을까? 무사시는 옛일을 되돌아보며 자신이 이렇게 성장한 것을 생각하자 부끄러운 마음이 들었다.

하지만 자신은 이오리에게 언제까지나 천 년 묵은 삼나무와 같은 존재가 되어주어야 한다고 생각했다. 다쿠안 스님 같은 가혹한 자비도 지녀야 한다고 생각했다. 또 그것이 예전의 은인에 대한 자그마한 보은이 아닐까 하는 생각도 했다.

"이오리, 이오리!"

무사시는 억수같이 쏟아지는 비를 향해 몇 번이나 불러보았다. 아무 대답도 없다. 그저 번개 소리와 처마 끝의 낙숫물 소리만이 요란스레 들릴 뿐이었다.

"어떻게 된 거지?"

하지만 그조차 밖으로 나갈 용기가 나지 않았다. 오두막에 틀어박혀 있던 무사시는 얼마 후 비가 다소 잦아들자 밖으로 나가 주위를 둘러보자 얼마나 고집이 센지 이오리는 여전히 아까 있던 자리에서 한 발짝도 움직이지 않고 서 있는 것이었다.

'좀 모자란가?'

무사시는 이런 의심조차 들었다.

멍하니 입을 벌리고 아까 대성통곡을 하던 얼굴 그대로 온몸이 흠뻑 젖은 채 진흙탕이 된 곳에 허수아비처럼 서 있었다. 무사시는 근처의 약간 높은 곳으로 뛰어올라가서 소리쳤다.

"이 바보야! 빨리 오두막으로 들어와. 그렇게 비를 맞고 있으면 건강에 해로워. 우물쭈물하다가는 거기에 강이 생겨서 돌아올 수도 없어!"

그러자 이오리는 무사시의 목소리가 들려오는 쪽을 찾아 주위를 둘러보다 히죽 웃으며 손가락으로 하늘을 가리키며 외쳤다.

"스승님은 성미가 급하세요. 이 비는 금방 그칠 비예요. 저기 구름이 흩어지고 있잖아요."

"……"

무사시는 제자에게 가르침을 받는 것 같아서 아무 말을 못했다.

그러나 이오리는 단순했다. 무사시처럼 복잡하게 이런저런 생각을 하지 않았다.

"이리 오세요, 스승님. 날이 질 때까지 아직 일을 꽤 할 수 있어요."

이오리는 그렇게 말하고 다시 일을 하기 시작했다.

그 스승에 그 제자

1

요 며칠, 하늘이 쾌청했다. 때까치 울음소리는 하늘 높이 울려 퍼지고, 억새 뿌리의 흙도 마르는가 싶더니 들녘 끝에서 먹장구름이 몰려오기 시작했다. 반도 평야는 마치 일식이 일어난 것처럼 순식간에 깜깜해졌다. 이오리가 하늘을 쳐다보며 걱정스러운 듯 말했다.

"스승님, 이번엔 정말 큰비가 내릴 것 같아요."

그가 말하는 동안에도 먹물 같은 바람이 불어왔다. 둥지로 미처 돌아가지 못한 작은 새는 먼지떨이개로 얻어맞은 듯 땅바닥으로 떨어졌고, 나뭇잎들은 모두 뒤집어진 채 떨고 있었다.

"한바탕 쏟아지겠지?"

무사시가 묻자 이오리가 예언하듯 말했다.

"한바탕 쏟아지고 그칠 하늘이 아니에요. 맞다, 저는 마을까지

갔다 올게요. 스승님은 연장을 정리해서 빨리 오두막으로 돌아가시는 게 좋겠어요."

하늘을 보고 말하는 이오리의 예상은 빗나간 적이 없었다. 지금도 무사시에게 그렇게 말하고는 들판을 가로지르는 새처럼 물결치는 초원을 향해 뛰어갔다. 이번에도 과연 이오리가 말한 대로 비바람이 평소와는 달리 거칠게 휘몰아치기 시작했다.

"어딜 간 거지?"

혼자 오두막으로 돌아온 무사시는 걱정이 되어서 가끔 밖을 내다보았다. 오늘 내리는 비는 평소와는 달랐다. 강우량이 무서울 정도였다. 그리고 한순간 뚝 그치는가 싶더니 더 많은 비가 쏟아졌다.

밤이 되어도 비는 멎을 생각을 않고 세상을 집어삼킬 듯 쏟아졌다. 주춧돌 없이 기둥만 땅에 박아서 지은 오두막은 몇 번이나 지붕이 날아갈 것 같았고, 지붕 안쪽에 댄 삼나무 껍질이 우수수 떨어져 내렸다.

"골치 아픈 녀석."

이오리는 아직 돌아오지 않았다. 날이 새도 여전히 모습을 보이지 않았다. 아니, 날이 뿌옇게 밝아오기 시작할 때 어제부터 퍼부은 호우가 휩쓸고 간 흔적들을 보니 그가 돌아오는 것은 절망적이었다. 평소의 마른 들판은 온통 진흙 바다로 변해 있었다. 군데군데 나무와 풀이 모래톱처럼 보일 뿐이었다.

오두막은 다행히 다소 높은 지대에 있었기 때문에 물이 들어오지 않았지만, 바로 아래의 강변은 탁류가 밀려와서 큰 물줄기를 이루며 흘러가고 있었다.

"혹시?"

무사시는 문득 걱정이 됐다. 그 탁류에 휩쓸려가는 다양한 물건들을 보고 어젯밤 어둠 속에서 돌아오던 이오리가 잘못해서 물에 빠진 건 아닌가 싶었기 때문이다.

그런데 그때 천지가 물소리로 가득한 폭풍우 속에서 이오리의 목소리가 들리는 것 같았다.

"스승니임. 스승님!"

무사시는 저편의 새 둥지처럼 보이는 모래톱 위에 이오리인 듯한 그림자가 다가오고 있는 것을 보았다. 아니, 이오리가 틀림없었다.

어디를 갔다 왔는지 그는 소를 타고 있었다. 그리고 새끼줄로 동여맨 큰 짐 꾸러미를 뒤에 달고 있었다.

"어어?"

무사시가 보고 있는 사이에 이오리는 소를 탁류 속으로 몰고 들어갔다. 탁류의 붉은 물보라와 소용돌이가 이오리와 소를 순식간에 집어삼켰다. 탁류에 휩쓸리며 간신히 이쪽 기슭에 닿은 소와 이오리는 몸을 부르르 떨면서 오두막이 있는 곳까지 뛰어올라왔다.

"이오리! 어디를 갔다 온 것이냐?"

무사시는 화가 났지만 한편으로는 마음을 놓으며 물었다.

"어디긴요, 마을에 가서 음식을 잔뜩 얻어 가지고 왔죠. 이번 폭풍우는 분명 반년 동안 내릴 양을 한꺼번에 퍼부을 것이라고 생각했거든요. 게다가 폭풍우가 그쳐도 물은 쉽게 빠지지 않을 것이 뻔하니까요."

2

무사시는 이오리의 총명함에 놀랐지만, 생각해보니 자신이 우둔한 것이었다. 날씨가 나빠질 조짐을 보이면 우선 식량부터 확보해놓는 것이 들판에 사는 사람들의 상식이었다. 이오리는 어릴 때부터 이런 경우를 몇 번이나 경험했음이 분명하다. 그렇다 해도 소 등에서 내린 음식은 적은 양이 아니었다.

이오리는 가마니를 풀고 기름종이를 벗긴 뒤 몇 개의 자루를 늘어놓으며 말했다.

"이건 좁쌀, 이건 팥, 이건 절인 생선. 스승님, 이만큼만 있으면 한두 달은 물이 빠지지 않아도 걱정 없겠죠?"

무사시의 눈에 눈물이 맺혔다. 기특하다는 말로도, 면목이 없다는 말로도 부족했다. 자신은 이곳을 개척해서 농토로 만들겠다는 포부만 컸지 자신이 굶고 있다는 것은 까맣게 잊고 있었는데, 이 아이 덕분에 굶주림을 면할 수 있게 된 것이다.

그런데 두 사람을 마치 미친놈처럼 취급하던 마을 사람들이 어째서 음식을 나누어준 것일까? 자기들도 이번 홍수로 식량 걱정을 해야 할 형편일 텐데 말이다.

무사시가 그 연유를 묻자 이오리는 별일 아니라는 표정으로 말했다.

"제 염낭을 맡기고 도쿠간 사德願寺에서 빌려왔어요."

"도쿠간 사?"

무사시가 묻자 이오리는 여기서 10리쯤 떨어진 곳에 있는 절인데, 돌아가신 그의 아버지가 만약 자신이 죽은 후에 혼자서 곤란할 때는 이 염낭 속에 있는 사금砂金을 조금씩 꺼내 쓰라고 한 말을 떠올리고 항상 몸에 지니고 있던 그 염낭을 맡기고 그 절에서 빌려왔다고 득의만만한 표정으로 대답했다.

"그럼, 유품이 아니냐?"

"예, 낡은 집은 태워버렸으니까 아버지의 유품은 그것과 이 칼밖에 없어요."

이오리는 허리에 찬 칼을 어루만졌다.

그 칼도 무사시가 언뜻 본 적이 있는데, 무명이긴 해도 명검 축에 들어가는 좋은 칼이었다.

생각해보니 이오리의 아버지가 유품으로 남겨준 염낭도 사금

뿐 아니라 무언가 유서가 있는 물건인 듯했는데, 그것을 식량 값으로 통째로 맡기고 온 것을 보면 역시 어린아이답지만, 한편으로는 대견하게 여겨졌다.

"아버지의 유품은 절대로 남에게 넘겨서는 안 된다. 조만간 내가 도쿠간 사에 가서 찾아오겠지만 다시는 그러지 마라."

"예."

"그럼, 어젯밤엔 그 절에서 묵었느냐?"

"스님께서 날이 밝으면 가라고 하셔서요."

"아침밥은?"

"전 아직인데 스승님도 아직이죠?"

"응. 장작은 있느냐?"

"장작은 얼마든지 있어요. 이 마루 아래가 다 장작이에요."

가마니를 걷고 마루 아래에 고개를 넣고 보니 평소 땅을 일구면서도 틈틈이 가져다 놓은 나무뿌리의 부스러기며 대나무 뿌리 따위가 산더미처럼 쌓여 있었다. 어린아이가 어쩌면 이렇게 생활력이 강하단 말인가. 누가 그것을 가르쳐주었을까? 자칫하다간 굶어죽기 십상인 미개척지의 자연으로부터 배웠음이 틀림없다.

조밥을 먹고 나자 이오리는 무사시 앞에 책 한 권을 가지고 와서 공손하게 말했다.

"스승님, 어차피 물이 빠지기 전에는 일을 할 수 없으니 공부나 가르쳐주세요."

이날도 밖에서는 하루 종일 폭풍우가 몰아치고 있었다.

3

이오리가 가지고 온 책은 《논어》였다. 그것도 절에서 주었다
고 한다.

"공부를 하고 싶으냐?"

"예."

"지금까지 책을 읽은 적은 있고?"

"조금요."

"누구한테 배웠느냐?"

"돌아가신 아버지한테요."

"뭘 배웠지?"

"《소학》이요."

"좋아하느냐?"

"좋아합니다."

이오리는 학구열로 불타고 있었다.

"좋다. 내가 알고 있는 한도 내에서는 최선을 다해 가르쳐주
마. 내가 미치지 못하는 부분은 나중에 학식이 높은 스승을 찾

아 배우면 된다.”

폭풍우가 몰아치는 가운데 이 집에서만은 하루 종일 책 읽는 소리와 가르치는 소리가 이어졌다. 두 사람은 바람에 지붕이 날아가도 꿈쩍도 하지 않을 것 같았다.

다음 날도 비, 그 다음 날도 비.

이윽고 비가 그치자 들판은 호수가 되어 있었다.

“스승님, 오늘도…….”

이오리가 오히려 기쁜 듯 다시 책을 꺼내려 하자 무사시가 말했다.

“책은 이제 됐다.”

“왜요?”

“저길 봐.”

무사시는 탁류를 가리키며 말을 이었다.

“강물 속의 물고기가 되면 강이 보이지 않는 법. 책에 너무 얽매여서 책벌레가 되어버리면 살아 있는 글도 보지 못하게 되고, 세상일에도 오히려 어두운 사람이 된다. 그러니 오늘은 마음껏 놀아. 나도 쉴 테니까.”

“하지만 오늘도 밖에는 나가지 못할 텐데요.”

“그럼, 이렇게 하고…….”

무사시는 벌렁 누워서 팔베개를 했다.

“너도 누워.”

"저도 누우라고요?"

"눕든 서든 네 좋을 대로 해."

"그러고는 뭘 하죠?"

"이야기를 해주마."

"좋아요."

이오리는 배를 깔고 엎드려서 물고기 꼬리처럼 발을 파닥거렸다.

"무슨 이야기예요?"

"흐음……."

무사시는 자신의 소년 시절을 떠올리면서 이오리가 좋아할 만한 전쟁 이야기를 하기 시작했다.

대부분은 《겐페이 성쇠기源平盛衰記》(가마쿠라鎌倉 시대에 지어진 작자 미상의 48권짜리 전쟁 소설) 등에서 읽은 이야기인데, 겐지源氏의 몰락에서 헤이케平家의 전성기에 이르자 이오리는 우울해했다.

눈이 오는 날, 도키와 고젠常磐御前에게 작별을 고한 구라마鞍馬의 샤나오 요시쓰네遮那王義経가 소조가타니僧正ヶ谷에서 밤마다 덴구天狗(얼굴이 붉고, 코가 높으며 신통력이 있어 하늘을 자유로 날면서 깊은 산속에 산다는 상상 속의 괴물)에게 검법을 배워서 교토京都를 탈출하는 대목에 이르러서는 이오리가 벌떡 일어나 앉으며 이렇게 말했다.

"저는 요시쓰네가 좋아요."

그러고는 무사시에게 물었다.

"그런데 스승님, 덴구가 정말 있나요?"

"있을지도 모르지. ······아니, 있어, 이 세상에는. 하지만 요시쓰네에게 검법을 가르친 건 덴구가 아니다."

"그럼, 누구예요?"

"겐지의 잔당이야. 그들은 헤이케의 세상에서 공공연하게 돌아다닐 수 없었기 때문에 모두 산이나 들에 숨어서 때를 기다리고 있었다."

"제 할아버지처럼요?"

"그래, 네 할아버지는 비록 평생 때를 만나지 못하고 돌아가셨지만, 겐지의 잔당은 요시쓰네라는 인물을 기르며 때를 기다린 거야."

"스승님, 저도 할아버지 대신 지금 때를 기다리고 있는 거죠? 그렇죠?"

"그래, 그렇고말고!"

무사시는 방금 이오리가 한 말이 마음에 들었는지, 갑자기 이오리의 목을 끌어당기더니 누운 채 다리와 두 손으로 이오리를 번쩍 들어올렸다.

"훌륭해져야 한다, 이놈!"

이오리는 갓난아이가 좋아하듯이 간지럼을 타며 깔깔깔 웃으면서 위에서 손을 뻗어 무사시의 코를 잡고 장난을 쳤다.

"위험해요. 스승님, 위험하다구요. 스승님도 소조가타니의 덴구 같아요. 이야, 덴구다, 덴구!"

4

닷새가 지나고 열흘이 지나도록 비는 그치지 않았다. 비가 그친 다음에도 들판은 홍수로 물이 가득 차서 탁류가 쉽게 빠지지 않았다. 자연의 위대한 힘 앞에서는 무사시도 그저 순응할 수밖에 없었다.

"스승님, 이젠 나갈 수 있어요."

이오리는 태양 아래로 나가서 아침부터 소리를 질러댔다.

두 사람은 20일 만에 농기구를 메고 경지로 나갔다. 그러나 곧 망연한 표정으로 그 자리에 멈춰 서고 말았다.

"아……!"

두 사람이 애써 일군 땅이 아무런 흔적도 없이 사라지고 그 자리엔 커다란 돌과 자갈만이 잔뜩 들어차 있었다. 전에는 없었던 강이 몇 줄기나 생겨서 초라한 인간의 힘을 비웃기라도 하듯 크고 작은 돌멩이들을 가지고 놀면서 흘러가고 있었다.

"바보! 미친놈!"

마을 사람들이 비웃던 웃음소리가 생각났다. 이제야 알 것 같았다. 손 쓸 엄두도 못 내고 말없이 서 있는 무사시를 올려다보면서 이오리가 말했다.

"스승님, 여긴 글렀어요. 이런 곳은 버리고 다른 데 더 좋은 땅을 찾아봐요."

무사시는 듣지 않았다.

"아니다. 이 물길을 다른 곳으로 돌리면 훌륭한 밭이 될 거야. 처음부터 지세를 살펴서 이곳으로 정했으니 끝장을 봐야 하지 않겠느냐."

"하지만 또 큰비가 내리면."

"이번엔 그것을 방지하기 위해 이 돌로 저 언덕부터 제방을 쌓을 거다."

"무지 힘들겠네."

"여길 도장이라고 생각해라. 여기서 보리 이삭을 보기 전에는 한 발자국도 움직이지 않을 것이다."

두 사람은 수십 일 동안 물길을 한쪽으로 유도하고, 둑을 쌓고, 돌멩이를 골라내서 겨우 열 평 정도의 밭을 일궜다. 하지만 비가 한 번 내리자 하룻밤 사이에 다시 원래 모습으로 돌아가 버렸다.

"스승님, 틀렸어요. 헛품만 파는 모습이 싸움도 그렇게 잘하는 걸로 보이지 않는데요?"

무사시는 이오리에게까지 놀림을 당했다.

그러나 경작지를 다른 곳으로 옮길 생각이 전혀 없는 무사시는 다시 비 온 뒤의 탁류와 싸우며 전과 같은 공사를 이어갔다.

겨울이 되자 가끔 큰 눈이 내렸고, 그 눈이 녹자 경작지는 또 다시 탁류에 휩쓸려 황폐해졌다. 해를 넘기고 이듬해 1월, 2월이 되도록 두 사람의 땀과 괭이는 한 마지기의 밭도 만들어내지 못했다.

식량이 떨어지면 이오리는 도쿠간 사에 먹을 것을 얻으러 갔다. 하지만 이젠 절에서도 좋은 말은 듣지 못하는 듯 돌아온 이오리의 얼굴에는 근심이 어려 있었다.

뿐만 아니라 요 2, 3일은 무사시도 지쳤는지 괭이를 들지 않았다. 아무리 막아도 탁류가 되어버리는 경작지에 서서 종일 아무 말 없이 생각에 잠겨 있었다.

"그래!"

그러다 갑자기 뭔가 대단한 발견이라도 한 듯 무사시가 혼잣말처럼 소리쳤다.

"어리석게도 나는 지금까지 흙과 물을 상대로 정치를 하려고 했구나. 나의 경험과 방법에 의존하여 물을 움직이고, 땅을 개간하려고 했다. 그것이 잘못이었어! 물에는 물의 특성이 있고, 땅에는 땅의 원칙이 있다. 그 특성과 성격을 순순히 따르면서 나는 물의 종, 땅의 보호자가 되었어야 했어."

무사시는 지금까지 땅을 개간하는 방법을 수정했다. 자연을 정복하겠다는 태도를 버리고 자연의 종이 되어 일했다. 다음 폭설 때도 눈이 녹으면서 거대한 탁류가 밀려왔지만 그의 경작지는 피해를 입지 않았다.

'이것을 정치에도⋯⋯.'

깨달음을 얻은 그는 수련 수첩을 꺼내 스스로를 경계하는 글을 적었다.

세상의 이치를 거스르지 말라.

산사람들

1

나가오카 사도長岡佐渡는 가끔 이 절에 찾아와 많은 시주를 하는 사람 중 한 명이었다. 그는 명장名將으로 알려진 부젠豊前 고쿠라小倉의 성주 호소카와 다다오키細川忠興의 가신이기 때문에 절에 오는 날은 물론이고 연고자의 기일이라든가, 공무를 보는 틈틈이 시간이 날 때면 지팡이를 짚고 이곳을 찾았다.

에도에서 70~80리나 떨어져 있어서 하룻밤 묵고 갈 때도 있었다. 늘 무사 세 명에 하인 한 명 정도를 대동하고 왔는데 신분을 생각하면 더없이 소박했다.

"스님."

"예"

"너무 신경 쓰지 마시게. 마음을 써주는 것은 고맙지만, 절에서 호사를 누릴 생각은 없으니까."

"송구합니다."

"그보다는 마음 편히 쉴 수 있게 날 좀 그냥 내버려뒀으면 좋겠네."

"예, 그럼 편히 쉬십시오."

"무례를 용서하시게."

사도는 하얀 귀밑머리에 팔베개를 하고 누웠다. 사도는 에도에 있으면 잠시도 쉴 틈이 없었다. 그는 참매를 구실로 이곳으로 도망쳐오는 것인지도 모른다. 노천탕에서 목욕을 하고 절에서 빚은 술을 한 모금 마신 다음 팔베개를 하고 졸면서 개구리 울음소리를 듣고 있으면 흡사 다른 세상에 와 있는 것처럼 만사를 잊어버렸다.

오늘 밤에도 사도는 절에 묵으면서 멀리서 울어대는 개구리소리를 듣고 있었다.

스님이 가만히 술병과 밥상을 가지고 물러갔다. 무사들은 한쪽 구석에 앉아 주인이 혹시 감기나 걸리지 않을까 근심스런 얼굴로 지켜보고 있었다.

"아아, 기분 좋다. 이대로 열반에 들 것 같구나."

그가 팔베개를 바꿀 때 무사 한 명이 주의를 주었다.

"감기라도 걸리시면 큰일입니다. 밤바람은 이슬을 싣고 오니까요."

"내버려둬라. 전장에서 단련된 몸, 밤이슬에 재채기를 할 정도는 아니다. 이 어두운 바람 속에선 꽃향기가 나는군. 자네들도 느끼는가?"

"전혀 모르겠습니다."

"다들 코가 막혔나 보군. ……하하하하."

그의 웃음소리가 너무 컸는지 사방에서 울던 개구리 소리가 뚝 멎었다.

그런데 그때 사도의 웃음소리보다도 훨씬 큰 스님의 목소리가 서원의 옆 마루에서 들렸다.

"꼬마야, 그런 곳에 서서 손님방을 엿보면 안 된다!"

"뭐야?"

"무슨 일이야?"

무사들이 벌떡 일어나서 주위를 둘러보았다. 그 모습을 보자 누군가 발소리를 죽여가며 부엌 쪽으로 도망쳤지만, 꾸짖던 스님은 남아서 고개를 숙이며 말했다.

"죄송합니다. 이곳 토착민의 고아인데 너그럽게 봐주시길 바랍니다."

"방 안을 엿보고 있었는가?"

"그렇습니다. 여기서 10리쯤 떨어진 호덴가하라에 살고 있는 마부의 자식인데, 그 아이의 할아버지가 예전에 무사였다고 하면서 자기도 어른이 되기 전에 무사가 되겠다고 입버릇처럼 말하는 녀석입니다. 그래서 손님과 같은 무사만 보면 부러운 듯 몰래 훔쳐봐서 애를 먹곤 합니다."

방 안에 누워 있던 사도가 그 말을 듣고는 벌떡 일어났다.

"스님."

"예. ……아, 나가오카 님, 시끄러워서 깨신 겁니까?"

"아니, 뭐라고 하려는 게 아니네. ……그 아이가 제법 재미있는 아이인 것 같은데, 심심풀이 말 상대로는 안성맞춤이겠어. 과자라도 주고 싶으니 이리로 불러올 수 없겠나?"

2

이오리는 부엌에 와서 한 말이나 들어가는 곡식 자루의 주둥이를 벌리고 소리치고 있었다.

"할머니, 좁쌀이 다 떨어져서 가지러 왔어요. 좁쌀 좀 주세요."

크고 어두운 부엌에서 절의 할머니가 똑같이 소리쳤다.

"뭐라고? 이놈이 꼭 빌려준 걸 받으러 온 것 같구나."

옆에서 설거지를 거들고 있던 낫쇼納所(절에서 잡무를 맡아 처리하는 하급 승려인 낫쇼보즈納所坊主의 준말)도 한마디 거들었다.

"주지 스님이 불쌍하다고 주라고 하셔서 준 것인데, 마치 당연하다는 듯 뻔뻔한 얼굴로 달라는구나."

"내가 뻔뻔하다구요?"

"구걸을 할 때는 불쌍한 목소리로 해야 하는 거다."

"난 거지가 아니에요. 스님께 아버지의 유품인 염낭을 맡겼단 말이에요. 그 속엔 돈도 들어 있다구요."

"들판에 사는 마부 애비가 얼마나 알량한 돈을 남겼을라고."

"좁쌀 안 줘요?"

"너 정말 바보구나?"

"무슨 말이에요?"

"어디서 굴러먹다 온 건지도 모르는 정신 나간 낭인을 위해 죽도록 일만 하고 거기다 먹을 것까지 얻으러 다니니까 그렇지."

"참견 마요."

"논도 밭도 되지 못할 그런 땅을 계속 뒤집어엎기만 하니 마을 사람들이 다들 비웃는 거다."

"상관없어요."

"너도 좀 미친 것 같구나. 그 낭인은 옛날이야기에 나오는 황금 무덤 이야기를 곧이곧대로 믿고 죽을 때까지 땅을 파겠지만, 너는 아직도 어린놈이 벌써부터 제 무덤을 파는 것은 너무 이르지 않니?"

"시끄러워요. 좁쌀이나 줘요. 빨리 달라구요."

"공손하게 좁쌀 주세요라고 해봐."

"좁쌀 주세요."

"메롱이다, 이놈아."

낫쇼는 이오리를 놀리면서 아래 눈꺼풀을 뒤집어 까며 얼굴을 내밀었다. 그때 젖은 걸레 같은 것이 그의 얼굴에 들러붙었다. 낫쇼는 악 하고 비명을 지르며 얼굴이 새파래졌다. 그가 제일 싫어하는 커다란 두꺼비였다.

"이 올챙이 같은 놈이!"

낫쇼가 뛰어나와서 이오리의 멱살을 움켜잡았을 때 안에 묵고 있는 나가오카 사도가 소년을 부른다며 스님이 이오리를 데리러 왔다.

"저 아이가 무슨 잘못이라도 했느냐?"

걱정스런 얼굴로 나온 주지가 그렇게 물었다.

"아닙니다. 그저 사도 님이 말상대나 하려고 불러오라고 한 것입니다."

"그렇다면 다행이지만."

주지는 안심했지만 여전히 걱정이 가시지 않는지 이오리의 손을 잡고 직접 사도에게 데리고 갔다.

서원의 옆방에는 벌써 잠자리가 깔려 있었다. 늙은 사도는 자리에 눕고 싶던 참이었지만, 아이를 좋아하는지 이오리가 오도카니 주지 옆에 앉은 것을 보자 대뜸 물었다.

"몇 살이니?"

"열셋, 올해 열셋이 됐습니다."

이오리는 그를 알고 있었다.

"무사가 되고 싶다고?"

"예."

이오리가 고개를 끄덕였다.

"그럼, 내 집으로 들어오너라. 먼저 물 긷는 일부터 시작해서 내 짚신 시중을 드는 일을 하고 있으면 나중엔 내가 무사로 만들어주마."

그러자 이오리는 말없이 고개를 가로저었다.

"싫을 리가 없을 텐데. 쑥스러운가 보구나. 내일 에도로 데려다 주마."

사도가 다시 말하자 이오리는 아까 낫쇼가 한 것처럼 아래 눈꺼풀을 뒤집어 까며 말했다.

"나리, 과자를 주지 않으면 거짓말쟁이가 돼요. 이제 돌아가야 하니 빨리 주세요."

얼굴이 새파래진 주지가 눈에서 뗀 이오리의 손을 찰싹 때렸다.

3

"야단치지 마시게."

사도는 오히려 주지를 나무라며 이오리에게 말했다.

"무사는 거짓말을 하지 않는다. 그래 지금 과자를 주마."

그러고는 바로 시종에게 과자를 가져다주라고 말했다.

과자를 받은 이오리가 그것을 바로 품속에 넣는 것을 보고 사도가 물었다.

"왜 여기서 먹지 않고?"

"스승님이 기다리고 계셔서요."

"어허, 스승님이라고?"

사도는 해괴한 표정을 지었다.

이오리는 더 이상 볼일이 없다는 듯 대답도 하지 않고 잽싸게 밖으로 뛰어 나갔다. 나가오카 사도가 웃으며 잠자리에 드는 것을 보고 주지는 몇 번이나 고개를 조아리다가 이윽고 쫓기듯 부엌으로 왔다.

"아이는 어디에 있느냐?"

"방금 좁쌀을 짊어지고 돌아갔습니다."

귀를 기울이자 캄캄한 어둠 속에서 풀피리 소리가 점점 멀어지고 있었다.

삐이, 삐 —

삐삐, 삐이

뿌우, 뿌 —

이오리는 노래를 부를 줄 모르는 것이 유감이었다. 마부가 부르는 노래는 풀피리 소리와 어울리지 않았다. 추석이 되면 이 지방에서 춤추며 부르는 노래도 너무 복잡해서 풀피리로는 불 수 없었다. 결국 이오리는 가구라神樂(신에게 제사지낼 때 연주하는 무악舞樂) 곡조를 머릿속에 떠올리면서 풀피리를 입술에 대고 기묘한 음으로 불며 먼 길을 가는 외로움을 달랬다.

"어?"

호덴가하라 근처까지 온 이오리는 풀피리를 침과 함께 뱉어내더니 슬금슬금 수풀 속으로 기어들어갔다.

두 줄기의 시냇물이 이곳에서 하나가 되어 마을 쪽으로 흘러가고 있었다. 그 흙다리 위에서 서너 명의 건장한 사내들이 얼굴을 모으고 은밀히 뭔가를 이야기하고 있었다.

"앗, 왔구나!"

이오리는 그들을 본 순간 재작년 가을 저녁 무렵에 있었던 어떤 일을 떠올렸다.

이 근방의 어머니들은 자기 자식을 혼낼 때 "산신령님의 가마에 태워서 산사람들에게 보내버린다."는 말을 자주 한다. 이오리도 어린 시절 그 말을 들으면 두려움에 떨던 기억이 아직도 생생하다.

먼 옛날, 이곳의 마을 사람들은 몇 년마다 차례가 되면 그동안 비축해두었던 오곡에서부터 소중한 딸까지 화장을 시켜서 횃불을 들고 80리에서 100리나 떨어진 산속의 사당에 공물로 바치러 갔다고 한다. 하지만 언제부턴가 산신령의 정체가 인간이라는 사실을 알게 된 이후로는 마을 사람들도 꾀를 부리며 그 일을 게을리 했다.

그런데 센고쿠 시대 이후로는 그 산신령 무리들이 산속 사당에 나무 가마를 가져다 놓아도 공물을 바치지 않자 멧돼지를 잡는 창이며 곰을 잡는 활과 도끼와 같이 마을 사람들이 보기만 해도 벌벌 떨 만한 무기를 들고 공물이 모이는 상황을 감안하여 3년이 나 2년을 주기로 직접 마을을 찾아다니게 되었다.

그 흉악한 무리들이 이 부근에는 재작년 가을에 찾아왔었다. 그때 본 광경은 어린 마음에도 무서운 기억으로 남아 있었는데, 지금 흙다리 위의 사람들을 보자 그 일이 그의 뇌리에 번개처럼 스쳤던 것이다.

4

얼마 후 맞은편에서 또 한 무리의 사람들이 대오를 지어 들판 을 달려왔다.

"어이."

흙다리 위에 있는 자가 그들을 불렀다.

"어어이."

들판에서 대답하는 소리가 들렸다. 여기저기에서 몇 개의 목 소리가 들리더니 밤안개 너머로 사라졌다.

"……?"

이오리는 눈을 크게 뜨고 숨을 죽인 채 수풀 속에서 그들을 엿보고 있었다. 흙다리를 중심으로 어느새 40여 명의 도적들이 새까맣게 모여들었다. 그들은 무리들마다 얼굴을 맞대고 무언가 의논을 하더니 결론을 내렸는지 우두머리로 보이는 자가 손을 번쩍 들자 병아리 떼처럼 마을을 향해 쏜살같이 달려갔다.

"큰일 났다!"

이오리는 수풀 속에서 목을 내밀고 앞으로 펼쳐질 무서운 광경을 그려보았다.

밤안개에 휩싸여 평화롭게 잠들어 있는 마을에서 별안간 닭이 푸드득거리는 소리가 들리더니 소와 말이 울부짖는 소리와 노인들과 아이들이 울며 비명을 지르는 소리가 손에 잡힐 듯이 들리기 시작했다.

"그래…… 도쿠간 사에 묵고 있는 무사님에게……."

이오리가 수풀 속에서 뛰쳐나와 도쿠간 사에 변고를 알리러 용감하게도 온 길을 되짚어 뛰어가려는 순간 아무도 없는 줄로만 알았던 흙다리 뒤편에서 사람의 목소리가 들렸다.

"이놈아!"

이오리는 깜짝 놀라 도망쳤지만 어른의 걸음에는 당해낼 수가 없었던 듯 그곳에서 망을 보고 있던 두 도적에게 목덜미를 붙잡히고 말았다.

"어딜 가느냐?"

"넌 누구냐?"

큰 소리로 울음을 터뜨리면 될 것을 이오리는 울 수가 없었다. 자신의 목덜미를 잡고 있는 자의 억센 팔을 뿌리치려 하자 도적은 어린 이오리에게도 깊은 의심의 눈빛을 보냈다.

"이놈, 우릴 보고 어디에 알리러 갈 생각이었구나?"

"저쪽 논두렁에 처박아버려."

"아니, 이게 낫겠어."

도적은 이오리를 다리 아래로 차서 떨어뜨렸다. 그리고 바로 뒤따라 내려와서 이오리를 다리 기둥에 붙들어 맸다.

"됐다."

이오리를 버려두고 두 사람은 다리 위로 뛰어 올라갔다.

뎅뎅…… 절에서 종을 치는 소리가 들렸다. 이젠 절에서도 도적의 습격을 알아챈 모양이다.

마을 쪽에서 불길이 치솟았다. 흙다리 아래로 흐르는 물이 핏물처럼 빨갛게 물들었다. 갓난아이의 울음소리가 들리고, 여자의 비명 소리가 밤하늘을 찢었다.

그러는 사이에 이오리의 머리 위로 덜커덩거리며 마차가 지나갔다. 네댓 명의 도적이 수레와 말에 도둑질한 물건들을 가득 싣고 그곳을 지나가고 있었다.

"이놈들!"

"뭐냐?"

"내 색시를 내놓아라!"

"목숨이 아깝지 않은 모양이구나."

흙다리 위에서 마을 사람과 도적 간에 싸움이 벌어진 듯 처참한 신음 소리와 발소리가 어지럽게 이어졌다. 그리고 이오리 앞으로 피투성이가 된 시체가 한 구 또 한 구 계속해서 떨어지며 그의 얼굴에 피를 들씌웠다.

5

시체는 떠내려갔고, 아직 숨이 붙어 있는 자는 수초를 붙잡고 기슭으로 기어 올라왔다.

다리 기둥에 묶여서 그 광경을 지켜보던 이오리가 그를 향해 소리를 질렀다.

"나 좀 풀어줘요. 이 밧줄을 풀어주면 원수를 갚아줄게요."

칼을 맞은 마을 사람은 기슭으로 기어 올라오더니 수초 속에 엎드린 채 움직이지 않았다.

"여기요. 날 좀 풀어줘요! 마을 사람들을 구해줄 테니 이 밧줄 좀 풀어달라구!"

이오리의 작은 영혼은 그 작은 몸집을 잊고 큰 소리로 외쳤다.

그래도 쓰러진 자가 여전히 반응이 없자 이오리는 다시 한 번 자신의 힘으로 밧줄을 끊으려고 발버둥을 쳤지만 어차피 밧줄은 끊어질 리가 없었다.

"이봐요!"

이오리는 몸을 비틀어 최대한 뻗은 발로 쓰러져 있는 마을 사람의 어깨를 찼다. 그제야 정신을 차린 그는 진흙과 피로 범벅이 된 얼굴을 쳐들고 이오리의 얼굴을 초점 없는 눈으로 쳐다보았다.

"빨리 이 줄을 풀어줘요. 빨리요!"

그는 겨우겨우 기어와서 이오리를 묶은 밧줄을 풀어주고는 그대로 숨을 거두었다.

"두고 봐라, 이놈들."

이오리는 다리 위를 쳐다보며 입술을 깨물었다. 도적들은 쫓아온 농민들을 다리 위에서 모두 살해한 뒤 다리의 썩은 나무 사이에 빠진 바퀴를 끌어내리려고 소란을 떨고 있었다.

이오리는 물길을 따라 정신없이 달려가서 수심이 얕은 곳으로 건너 맞은편 기슭을 기어 올라갔다. 그리고 논도 밭도 집도 없는 호덴가하라 벌판을 5리나 쏜살같이 내달렸다.

이윽고 무사시와 살고 있는 언덕 위의 오두막에 다다른 그는 오두막 옆에 서서 하늘을 올려다보고 있는 무사시를 발견하고 소리쳤다.

"스승님!"

"그래, 왔느냐."

"어서 가요."

"어딜?"

"마을에요."

"저 불길은 뭐지?"

"산사람들이 쳐들어왔어요. 재작년에 왔던 놈들이요."

"산사람? 산적이냐?"

"마흔 명이 넘어요."

"저 종소리가 그것을 알리고 있는 것이냐?"

"빨리 가서 사람들을 구해주세요."

"알았다."

무사시는 일단 오두막 안으로 들어가서 싸울 채비를 하고 바로 나왔다.

"스승님, 저를 따라오세요. 제가 안내할 테니까요."

무사시는 고개를 저었다.

"너는 오두막에서 기다리고 있거라."

"예? 왜요?"

"위험해."

"위험하지 않아요."

"오히려 걸리적거릴 거다."

"하지만 스승님은 마을로 가는 지름길을 모르잖아요?"

"저 불을 보고 가면 된다. 그러니 여기서 얌전히 기다리고 있거라."

"예."

이오리는 할 수 없이 고개를 끄덕였지만, 지금까지 정의감으로 불타던 그의 얼굴엔 실망하는 빛이 역력했다.

마을은 아직도 불에 타고 있었다. 그 불길에 빨갛게 보이는 들판을 사슴처럼 뛰어가는 무사시의 그림자가 보였다.

토벌

1

들판에서는 부모와 남편이 죽임을 당하고 아이들까지 잃어버린 여자들이 밧줄에 묶여 끌려가면서 처절하게 울부짖고 있었다.

"시끄럽다!"

"빨리 걷지 못하겠느냐!"

도적들은 그녀들을 향해 채찍을 휘둘렀다. 날카로운 비명 소리와 함께 그중 한 명이 쓰러지자 같이 묶여 있던 앞뒤의 여자들도 덩달아 쓰러졌다.

도적들 중 하나가 밧줄을 잡고 그녀들을 일으켜 세우면서 말했다.

"이년들이 포기할 줄을 모르는군. 피죽이나 끓여 먹고 메마른 땅을 일구면서 뼛골 빠지게 고생하는 것보다 우리와 살면 세상이 얼마나 재미있는지 알게 될 거다."

"성가시군. 밧줄을 말에 묶어서 끌고 가게 해라!"

어느 말이나 마을에서 약탈해온 재물과 곡식 들이 산더미처럼 쌓여 있었다. 도적 한 명이 그중 한 마리에 여자들을 포박한 밧줄을 묶고 말 궁둥이를 찰싹 때렸다. 여자들은 비명을 지르면서 달리는 말과 함께 달리기 시작했다. 넘어진 여자는 머리카락을 땅바닥에 끌면서 소리쳤다.

"악, 내 팔, 팔이 빠질 것 같아!"

도적들은 웃음을 터뜨리며 그 뒤를 따라갔다.

"어이, 속도가 너무 빨라. 좀 줄이라고."

그때 뒤에서 말하는 소리에 말과 여자들은 그 자리에 멈춰 섰다. 하지만 말 궁둥이를 때리던 도적은 가타부타 아무런 반응이 없었다.

"허허, 이번엔 서서 기다려주는군. 이 도적놈들이……."

껄껄 웃는 소리가 다가왔다. 후각에 민감한 그들은 이내 피 냄새를 맡았다.

"누, 누구냐?"

"……."

"거기 누구냐?"

"……."

그림자 하나가 느릿느릿 풀을 밟으며 그들 쪽으로 다가오고 있었다. 손에 든 칼에서는 어렴풋이 피 냄새가 나고 있었다.

"……어, 어."

앞에 서 있던 자들이 뒷걸음질을 치자 도적들은 뒤로 모이게 되었다. 무사시는 그사이에 적들을 세어보고 열두세 명쯤 된다는 것을 알자 그중에서 가장 강해 보이는 자에게 시선을 고정시켰다.

도적들도 일제히 각자의 무기를 들었다. 칼을 갖고 있는 자는 칼을 뽑았고, 도끼를 가진 자는 옆으로 풀쩍 뛰어서 다가왔고, 창을 든 자는 창끝으로 무사시의 옆구리를 노리듯 낮은 자세로 다가왔다.

"목숨 아까운 줄 모르는 놈!"

도적들 중 한 명이 소리쳤다.

"넌 대체 어디서 굴러먹다 온 놈이냐? 감히 우리 동료를……."

그 순간이었다.

"아악!"

오른쪽에 있던 도끼를 든 자가 혀를 깨문 듯한 소리를 지르더니 무사시 앞에서 비틀비틀 춤을 췄다.

"모르겠느냐!"

무사시는 분수처럼 뿜어져 나오는 핏속에서 칼끝을 거두며 말했다.

"나는 양민들의 땅을 지켜주는 신의 사자다!"

"까불지 마라."

자신을 향해 찔러오는 창을 스치듯 피하고 무사시는 칼을 든 도적들을 향해 머리 위로 칼을 치켜들고 뛰어들었다.

2

도적들이 자신들의 힘을 지나치게 맹신하며 적을 단 한 명이라고 깔볼 때는 무사시도 고전했다. 그러나 그 한 명 때문에 동료들이 하나둘 쓰러져가자 도적들도 당황하기 시작했다.

'어떻게 이럴 수가 있단 말인가.'

자신만만해하며 앞으로 나서는 자부터 차례차례 처참한 시체가 되어 쓰러져갔다.

적진에 뛰어들어 일단 부딪쳐본 무사시는 적들의 실력을 대충 파악할 수 있었다.

인원수가 아니라 한 집단의 실력이다. 다수를 제압하는 검법이 무사시의 특기는 아니었지만, 무사시에겐 생사를 건 싸움을 통해서만 배울 수 있는 큰 경험이 있었다. 일대일의 결투에서는 체득할 수 없는 것을 다수의 적으로부터 배울 수 있었기 때문이다.

그리고 무사시는 처음에 무리와 떨어져서 밧줄로 묶은 여자들을 말에 묶어서 끌고 가던 도적 한 명을 베어버렸을 때부터 자신이 차고 있는 칼을 사용하지 않고 적에게 빼앗은 칼을 사용했다.

이런 쥐새끼 같은 도적들을 베는 데 자신의 영혼과도 같은 칼을 더럽히고 싶지 않다는 고답적인 생각 때문이 아니라 좀 더 실용적으로 자신의 칼을 아끼는 마음 때문이었다.

적의 무기는 잡다했다. 그런 무기와 싸우다 보면 칼날이 상하게 되고 칼이 부러질 염려도 있었다. 또 결정적인 순간 몸에 차고 있는 칼이 없으면 목숨을 잃을 수도 있고, 그런 예는 얼마든지 있다.

그래서 그는 자신의 칼은 쉽게 뽑지 않았다. 이것은 어떤 경우에도 마찬가지다. 적의 무기를 빼앗아서 적을 벤다. 귀신같이 빠른 그 솜씨는 수련을 쌓는 도중에 저절로 체득된 것이다.

"음, 기억해두마."

도적들은 달아나기 시작했다. 열 명이 넘던 도적들은 대여섯 명만 남게 되자 자신들이 왔던 쪽으로 도망쳤다.

마을에는 아직 많은 동료들이 남아서 약탈을 하고 있을 것이다. 분명 그들에게 달려가 무리들을 규합해서 권토중래를 꾀하려는 속셈임이 분명하다.

무사시는 일단 거기서 잠시 숨을 돌렸다. 그리고 우선 뒤로 돌아가서 밧줄에 묶인 채 들판에 쓰러져 있는 여자들을 풀어주고,

아직 일어설 기력이 남아 있는 사람은 일어서지 못하는 사람들을 보살피게 했다.

그녀들은 고맙다는 인사를 할 정신조차 없는 듯했다. 그저 무사시를 올려다보며 벙어리처럼 땅바닥에 손을 짚고 울기만 할 뿐이었다.

"이제 안심하십시오."

무사시는 일단 여자들을 안심시켰다.

"마을에는 아직 당신들의 부모와 남편, 자식들이 남아 있을 것이오."

"예."

그녀들은 고개를 끄덕였다.

"그들도 구해내지 않으면 안 되겠지요. 당신들만 구하고 늙은 부모나 어린 자식들이 목숨을 잃는다면 당신들 역시 불행할 터이니 말이오."

"예."

"당신들은 자신을 지키고 남을 구할 수 있는 힘을 가지고 있소. 그 힘을 하나로 모으지도 못하고 표출하지도 못했기 때문에 지금까지 도적들에게 당했던 것이오. 내가 도와줄 테니 당신들도 칼을 들도록 하시오."

무사시는 도적들이 버리고 간 무기들을 모아 여자들의 손에 하나씩 쥐여주었다.

"당신들은 나를 따라오기만 하면 됩니다. 내가 말하는 대로 불길과 도적들로부터 부모와 남편과 아이들을 구하러 가는 것이오. 당신들 모두에겐 신의 가호가 있을 터이니 무서워할 것은 아무것도 없소."

무사시는 그렇게 말한 후 다리를 건너 마을 쪽으로 갔다.

3

마을은 불에 타고 있었지만 집들이 산재해 있어서 불길은 일부에서만 보였다. 길이 불빛에 빨갛게 보이고, 그림자가 땅바닥에서 일렁이는 정도였다.

무사시가 여자들을 이끌고 마을로 다가가자 근처에 몸을 숨기고 있던 마을 사람들이 하나둘 모이기 시작해서 금세 수십 명의 무리가 되었다.

"아!"

"당신이오!"

"살아 있었구려."

그녀들은 자신들의 부모, 형제, 자식의 모습을 보자 서로 끌어안고 통곡했다. 그리고 무사시를 가리키며 무사시에게 도움을 받은 경위를 사투리가 심한 말로, 그러나 진심으로 고마워하면서 소상히 이야기했다.

마을 사람들은 무사시를 처음에는 다들 이상하게 보았다. 왜냐하면 평소에 자신들이 호덴가하라의 미친 낭인이라고 조롱하고 욕하던 사람이었기 때문이다. 무사시는 그들에게도 방금 전에 여자들에게 했던 말과 똑같이 말하고 명령을 내렸다.

"모두 무기를 드시오. 거기에 있는 몽둥이도 좋고, 대나무도 좋소."

무사시의 말에 반대하는 사람은 한 명도 없었다.

"마을에서 약탈하고 있는 도적은 모두 몇 명쯤 됩니까?"

"쉰 명쯤입니다."

누군가 대답했다.

"마을의 가구 수는 얼마나 되죠?"

마을에는 70가구쯤 있다고 한다. 아직도 대가족의 풍습이 남아 있는 마을 사람들이어서 한 집에 적어도 열 명 이상의 가족이 있었다. 그렇다면 대략 700~800명의 사람들이 살고 있을 것이고, 그중에 어린아이와 노인, 환자를 제외해도 젊은 남녀가 500명은 넘을 것이다. 그런데도 50명 남짓한 도적들에게 해마다 곡식을 빼앗기고, 젊은 여자와 가축 등을 약탈해가도 어쩔 도리가 없다고 포기하고 있는 이유를 무사시는 도저히 이해할 수 없었다.

그것은 위정자의 탓이기도 하지만 한편으로는 그들이 스스로를 지키지 못한 탓이기도 했다.

　무력을 쓸 줄 모르는 사람은 막연하게 무력이라는 것에 절대적인 공포를 갖지만, 무력의 성질을 알면 무력이 그렇게 무서운 것이 아니며 오히려 평화를 위해 존재하는 것이라는 사실을 알게 될 것이다.

　마을의 평화를 위해 무력적인 방위 수단을 갖춰야 한다는 사실을 깨닫지 못하면 이런 참사는 뿌리가 뽑히지 않는다. 오늘 밤 무사시는 단순히 도적들을 물리치는 것이 목표가 아니라는 것을 깨달았다.

　"호덴가하라의 낭인님. 아까 도망쳤던 도적들이 다른 패거리들을 끌고 이쪽으로 오고 있습니다."

　한 마을 사람이 뛰어와서 무사시와 마을 사람들에게 손을 흔들며 급보를 알렸다. 마을 사람들은 무기를 들고 있었지만, 산에 있는 난폭한 자들은 무섭다는 선입관 때문에 이내 겁을 집어먹고 동요하기 시작했다.

　"그럴 것이오."

　무사시는 우선 그들을 안심시키고 나서 말했다.

　"길 양쪽에 숨으시오."

　마을 사람들은 앞 다투어 나무 뒤편과 밭에 숨었다.

　혼자 남은 무사시가 그들이 숨어들어간 곳을 둘러보며 혼잣말처럼 말했다.

"도적들은 나 혼자서 맞서 싸울 것이오. 그리고 일단 도망칠 것이오. 하지만 당신들은 아직 나서지 않아도 좋소. 가만히 숨어 있으면 나를 쫓아온 자들이 반대로 이곳으로 뿔뿔이 도망쳐 올 테니 그때 당신들이 일제히 함성을 지르며 불시에 기습하여 그들을 때려잡으시오. 그리고 다시 숨었다가 나오기를 반복하며 한 놈도 남기지 않고 때려잡는 것이오."

그러는 사이에 벌써 저편에서 한 무리의 도적떼가 악귀처럼 쇄도하고 있었다.

4

그들의 차림새며 대오隊伍는 마치 원시시대의 군대 같았다. 그들에게는 도쿠가와德川의 세상도 없었고, 도요토미豊臣의 세상도 없었다. 산이 그들의 세상이었고, 마을이 그들의 굶주림을 일시에 해결해주는 곳이었다.

"앗, 잠깐 멈춰라."

선두에 선 자가 발길을 멈추며 뒤에 따라오는 자들을 멈춰 세웠다. 스무 명쯤 될까, 보기 드문 큼지막한 도끼를 든 자와 녹슨 장검을 든 자들이 벌건 불빛을 등지고 까맣게 모여서 머뭇거리고 있었다.

"있어?"

"저놈이 아닐까?"

그러자 누군가가 무사시를 가리키며 소리쳤다.

"그래, 저놈이다!"

무사시는 대략 10간間(1간은 약 1.8미터)쯤 떨어져서 길을 막고 서 있었다. 떼로 몰려온 자신들을 보고도 아무렇지 않은 듯 서 있는 무사시를 보자 맹수 같은 그들은 당황하면서 걸음을 멈추지 않을 수 없었다.

하지만 그것도 잠시, 두세 명이 서슴없이 앞으로 나서더니 무사시에게 소리쳤다.

"네놈이냐?"

무사시가 형형한 눈빛으로 다가온 자들을 노려보자 도적들도 그의 눈에 사로잡힌 듯 무사시를 노려보며 다시 소리쳤다.

"네놈이냐? 우리를 방해한 놈이!"

"그렇다!"

무사시가 그렇게 말했을 때는 이미 그의 칼이 도적들을 향해 정면으로 날아가고 있었다.

도적들이 동요하며 대열이 흐트러진 이후에는 적과 아군을 구분할 수 없었다. 작은 소용돌이 속에서 이리저리 휘날리는 날개미처럼 난투가 시작되었다.

그러나 한쪽은 논이고 한쪽은 가로수 제방으로 되어 있는 길

이어서 지형이 불리한 것은 도적들 쪽이었고, 무사시에게는 매우 유리했다. 게다가 도적들은 난폭하기는 했지만, 무기가 제각각이고 훈련도 되지 않았기 때문에 이치조 사一乘寺 사가리마쓰下り松(옛날부터 여행자의 표시로 계속 심어온 소나무. 이치조 사의 상징이 되었고, 지금 남아 있는 소나무는 4대째다) 결투 때를 생각하면 무사시에겐 아직 생사의 경계를 넘어섰다는 기분은 들지 않았다.

또 그는 기회를 봐서 물러서겠다고 마음먹은 탓도 있을 것이다. 요시오카吉岡의 제자들과 결투를 벌였을 때는 단 한 발짝도 물러서겠다는 생각은 하지 않았지만, 지금은 그 반대로 그들과 치열하게 싸우려는 생각은 추호도 없었다. 무사시는 그저 병법의 '책략'을 써서 그들을 혼란스럽게 하려는 것이었다.

"앗, 저놈이."

"도망친다!"

"놓치지 마라!"

도적들은 도망치는 무사시를 쫓다가 마침내 들판의 한쪽 가장자리까지 이르렀다.

지리적으로 아무것도 없는 이곳의 넓은 들판이 조금 전의 좁은 장소보다 무사시에게는 당연히 불리해 보였지만, 무사시는 이쪽저쪽으로 도망치고 뛰어다니며 그들이 한곳에 밀집하지 못하도록 만들고 나서 갑자기 공세로 전환했다.

"이얏!"

무사시가 움직이는 곳에서는 어김없이 핏줄기가 솟구쳤다. 무사시는 마치 가만히 서 있는 짚단을 베는 듯했다. 적은 당황한 나머지 반쯤 정신이 나간 상태였고, 무사시는 적을 벨 때마다 점점 무아지경이 되어갔다. 도적들은 무시무시한 겉모습과는 달리 저마다 비명을 지르며 왔던 길로 도망치기 시작했다.

5

"왔다!"

"왔어."

길 양쪽에 숨어 있던 마을 사람들은 그곳으로 도망쳐오는 도적들의 발소리를 듣자 일제히 들고 일어났다.

"와아!"

"이놈들!"

"짐승 같은 놈들!"

그들은 죽창, 몽둥이 등 잡다한 무기를 휘두르면서 도적들을 에워싸고는 때려죽였다. 그리고 곧장 다시 몸을 숨기고 있다가 뿔뿔이 흩어져서 도망쳐오는 도적들을 보자 또 들고일어나서 도적들을 에워싸고 메뚜기를 퇴치하듯이 한 놈씩 때려눕혔다.

"이놈들 별것도 아니군."

마을 사람들은 갑자기 힘이 솟았다. 자신들의 발밑에 쓰러져 있는 도적들의 시체를 보고 지금까지는 관념적으로 없다고 생각했던 힘이 자신들에게도 있다는 것을 새삼 깨달은 것이었다.

"또 온다."

"혼자야."

"죽여버려!"

마을 사람들은 잔뜩 벼르고 있었다. 그러나 뛰어온 것은 무사시였다.

"아니다, 아니야. 호덴가하라의 무사님이셔."

그들은 장군을 영접하는 병졸들처럼 길 양쪽으로 갈라서서 무사시의 피로 물든 모습과 손에 들고 있는 피 묻은 칼을 쳐다보았다.

칼은 톱니처럼 날이 빠져 있었다. 무사시는 그 칼을 버리고 떨어져 있는 도적의 창을 주워 들었다.

"당신들도 도적들의 시체에서 칼과 창을 주워 드시오."

무사시가 말하자 마을 사람들 중 젊은이들은 다투어 무기를 주워 들었다.

"자, 지금부텁니다. 서로 힘을 합쳐서 마을에서 도적들을 몰아내고, 각자 자신의 집과 가족을 찾으러 갑시다."

무사시는 그렇게 북돋우면서 선두에 서서 뛰어갔다.

더 이상 도적들을 두려워하는 마을 사람은 한 명도 없었다. 여자와 노인, 아이들까지 모두 무기를 들고 무사시의 뒤를 따라 뛰어갔다.

마을로 들어가자 옛날부터 있던 큰 농가가 불에 타고 있었다. 마을 사람들의 그림자도, 무사시의 모습도, 나무도, 길도 모두가 불길에 붉게 물들었다. 집을 태운 불길이 대나무 숲으로 옮겨 붙었는지 대나무가 터지는 소리가 불꽃 속에서 요란하게 울렸다.

어디선가 갓난아이의 울부짖는 소리가 들렸다. 외양간의 소도 불을 보고 미친 듯 울부짖었다. 그러나 비 오듯 떨어지는 불똥 속에서 도적은 한 명도 보이지 않았다.

무사시가 옆에 있는 마을 사람에게 불쑥 물었다.

"술 냄새가 나는 곳이 어디죠?"

마을 사람들은 연기에만 신경 쓰던 터라 아무도 술 냄새를 맡지 못했지만, 그의 말을 듣고는 서로 중얼거렸다.

"술독에 술을 저장해놓은 집은 촌장 집밖에 없지 않나?"

무사시는 도적들이 그곳에 진을 치고 있을 것이라고 가르쳐주고 사람들에게 계책을 알려준 뒤 외쳤다.

"나를 따르시오."

그 무렵에는 여기저기에서 돌아온 마을 사람들이 이미 100명이 넘었고, 마루 밑이며 덤불 속으로 도망쳤던 사람들도 하나둘 합세하여 그들의 단결력은 갈수록 강해졌다.

"촌장 집은 저깁니다."

마을 사람들이 멀리서 손짓으로 가리켰다. 모양만 남은 토담에 둘러싸인 촌장의 집은 마을에서 가장 컸다. 그 집으로 가까이 다가가자 마치 술 개천이라도 흐르고 있는 것처럼 술 냄새가 코를 찔렀다.

6

마을 사람들이 부근에 숨기 전에 무사시는 홀로 토담을 넘어 도적들이 본거지로 삼고 있는 농가로 들어갔다.

도적의 두령과 주요 인사들은 넓은 봉당 안에서 젊은 여자들을 붙잡아놓고 술독을 열어놓은 채 흠뻑 취해 있었다.

"당황하지 마라!"

두령은 뭔가에 화가 나 있었다.

"고작 한 놈 때문에 내 손을 더럽혀야겠느냐! 너희들 손으로 처치하고 오너라."

그런 의미의 말인 듯했다. 그리고 방금 그곳으로 와서 변고를 전한 부하를 호되게 꾸짖고 있었다.

그때 두령은 밖에서 나는 이상한 목소리를 들었다. 닭고기를 뜯어 먹으며 술을 마시고 있던 다른 도적들도 일제히 일어서며 무의식적으로 무기를 잡았다.

"앗, 뭐지?"

그 순간 그들의 표정은 갈피를 못 잡고 얼이 빠져 있었다. 그리고 기분 나쁜 비명이 들린 봉당 입구에만 정신이 팔려 있었다.

무사시는 그때 집 옆으로 질풍처럼 뛰어가고 있었다. 그리고 안채의 창문을 통해 집 안으로 뛰어 들어가 도적의 두령 뒤에 섰다.

"네놈이냐! 도적들의 우두머리가?"

그가 뒤돌아본 순간 그의 가슴은 무사시가 뻗은 창에 꿰뚫렸다. 그는 피를 뿜으면서도 창을 잡고 일어서려고 했지만, 무사시가 창을 놓아버리자 가슴에 창이 꽂힌 채 봉당으로 굴러 떨어졌다.

무사시의 손에는 이미 다음에 덤벼든 도적에게서 빼앗은 칼이 들려 있었다. 무사시가 그 칼로 다시 도적 한 명을 베고 다른 한 명을 찌르자 도적들은 벌떼처럼 앞 다투어 봉당 밖으로 도망치기 시작했다.

그들을 향해 칼을 던진 무사시는 자신이 찔러 죽인 시체의 가슴팍에서 다시 창을 뽑아 들었다.

"서라!"

무사시는 창을 들고 철벽이라도 뚫을 듯한 기세로 밖으로 뛰어나갔다. 낚싯대로 수면을 내려친 듯 도적들은 양쪽으로 재빨리 갈라졌지만 밖은 무사시가 창을 자유자재로 휘두를 수 있을 만큼 공간이 넓었다. 무사시는 박달나무 손잡이가 휘어지도록 창을 휘두르고 찌르고 내리쳤다.

도저히 당해낼 수 없다고 판단한 도적들은 토담의 문을 향해 도망치기 시작했지만, 그곳에서 이미 무기를 들고 진을 치고 있는 마을 사람들을 보자 담을 넘어서 밖으로 굴러 떨어졌다.

도적들은 대부분 그곳에서 마을 사람들에게 맞아 죽었다. 혹여 도망쳤다 해도 불구가 된 자가 적지 않을 것이다. 마을 사람들은 남녀노소를 불문하고 태어나서 처음으로 함성을 지르며 미친 듯이 좋아했다. 그리고 잠시 시간이 지나자 자기 자식과 자기 아내와 자기 부모를 찾아 부둥켜안고 눈물을 흘리면서 좋아했다.

그때 누군가가 중얼거렸다.

"나중에 복수하러 올까 봐 무서워."

마을 사람들이 그 말에 또 동요하기 시작하자 무사시가 말했다.

"앞으로 이 마을에는 절대 오지 못할 것이오."

무사시의 말을 들은 사람들은 그제야 진정된 표정으로 돌아왔다.

"하지만 과신하진 마시오. 당신들의 본분은 무기가 아니라 괭이입니다. 섣불리 무력을 과시했다간 도적들보다 더 무서운 천벌이 내릴 것이오."

7

"보고 왔느냐?"

도쿠간 사에 묵고 있던 나가오카 사도는 자지 않고 기다리고 있었다.

마을의 불길은 들판이며 늪지 건너편에서도 손에 잡힐 듯이 가깝게 보였지만, 지금은 잦아들고 있었다.

두 수행 무사가 돌아와서 사도에게 한 목소리로 고했다.

"예, 지금 보고 돌아왔습니다."

"도적은 물러갔느냐? 마을의 피해는 어느 정도냐?"

"저희들이 도착했을 때는 이미 마을 사람들이 자신들의 손으로 도적의 절반을 때려죽이고, 나머지는 쫓아버린 듯했습니다."

"정말이냐?"

사도는 믿기 힘들다는 표정이었다. 만일 그것이 사실이라면 사도는 자신의 주군인 호소카와 가가 영지의 백성들을 다스리는 데 있어서 생각해야 할 것이 많다고 생각했다. 어쨌든 오늘 밤은 너무 늦었다. 그렇게 생각하고 사도는 잠자리에 들었다.

이튿날 아침, 에도로 돌아가야 하는 사도는 조금 돌아가더라도 어젯밤의 그 마을에 들러 보기로 하고 말 머리를 그쪽으로 향했다. 도쿠간 사의 스님이 길을 안내했다.

마을에 가까워지자 사도는 두 수행 무사를 돌아보며 의아한 듯 말했다.

"너희들은 어젯밤에 무엇을 보고 온 것이냐? 지금 길가에 쓰러져 있는 도적들의 시체가 정녕 농민들이 벤 것이냐?"

마을 사람들은 잠도 자지 않고 불에 탄 집을 정리하고 시체들을 치우고 있다가 말 위에 있는 사도를 보자 모두 집 안으로 도망쳐 들어갔다.

"아, 나에 대해서 뭔가 오해를 하고 있는 듯하구나. 누가 가서 말을 알아들을 만한 사람을 한 명 데리고 오너라."

도쿠간 사의 스님이 어디선가 농부 한 명을 데리고 왔다. 사도는 그에게서 어젯밤에 있었던 일을 비로소 제대로 들을 수 있었다.

"그랬군."

사도는 고개를 끄덕였다.

"그런데 그 낭인이라는 자의 이름은 뭐라고 하더냐?"

사도가 거듭 묻자 농부는 고개를 갸웃거리며 이름은 들은 적이 없다고 했다. 사도가 이름을 꼭 알고 싶다고 하자 스님이 여기저기 돌아다니며 이름을 알아가지고 왔다.

"미야모토 무사시라는 자라고 합니다."

"뭐라, 무사시?"

사도는 곧장 어젯밤의 소년을 떠올렸다.

"그럼, 그 아이가 스승님이라고 하던 자로구나."

"평소에는 그 아이를 데리고 호덴가하라의 황무지를 개간하며 농부 행세를 하는 특이한 낭인이라고 합니다."

"그자를 만나보고 싶구나."

사도는 그렇게 중얼거리다가 한테이藩邸(제후의 저택, 일종의 관사)에서 처리해야 할 일들을 떠올리고는 나중에 보기로 하고 말 머리를 재촉했다.

그런데 그가 촌장의 집 앞에 이르렀을 때 그의 눈길을 끄는 것이 있었다. 오늘 아침에 새로 세운 듯한 팻말에 먹물도 채 마르지 않은 글씨로 이렇게 쓰여 있었다.

마을 사람들이 명심해야 할 일

괭이도 검이고

검도 괭이이니

흙에서 살아도 난을 잊지 말고

난에 처해도 흙을 잊지 말라.

모든 것은 본분에 맞게 제자리로 돌아가니

늘

세상의 도리에 어긋남이 없도록 하라.

"음…… 이 글은 누가 쓴 것이냐?"

촌장이 앞으로 나와 땅에 엎드리며 대답했다.

"무사시 님입니다."

"너희들은 이 글의 뜻을 이해하느냐?"

"오늘 아침, 마을 사람들이 모두 모인 가운데 그 뜻을 잘 설명해주셔서 조금 알고 있습니다."

사도는 스님을 돌아보며 말했다.

"수고했네. 그만 돌아가도록 하게. 그자를 만나지 못한 것이 유감이지만 마음이 급하군. 다시 올 테니, 그럼."

사도는 그렇게 말하고 말을 재촉해서 그곳을 떠났다.

4월 무렵

1

　당주인 호소카와 산사이三斎(호소카와 다다오키의 호) 공은 부젠 고쿠라가 본거지여서 에도의 한테이에 머무는 일은 없었다. 에도에는 장자인 다다토시忠利와 그를 보좌하는 노신이 머물며 대부분의 일을 처리했다.

　다다토시는 영민했다. 이제 갓 스물을 넘긴 젊은 주군은 신임 쇼군將軍(세이이타이쇼군征夷大將軍을 말하며 무신 정권 시대 막부의 최고 권력자)인 히데타다秀忠를 중심으로 천하의 효웅梟雄, 천하의 호걸이라 불리며 권력을 장악하고 있는 다이묘大名(헤이안平安 시대에 등장하여 19세기 말까지 각 지방의 영토를 다스리고 권력을 행사했던 유력자를 지칭하는 말)들 사이에서도 부친인 호소카와 산사이의 체면을 깎아 먹을 만한 행동은 절대로 하지 않았다. 오히려 그 기상과 다음 시대를 읽을 줄 아는 식견을 갖추고 있다는 점에서는 센고쿠 시대를 거치며 자만심으로 가득 차 있는 늙은 다이묘들보다 훨씬 뛰어난 점도 있었다.

"젊은 주군은?"

나가오카 사도가 다다토시를 찾았지만 그는 서재에도 없고 마장에도 보이지 않았다.

한테이의 부지는 상당히 넓었지만 아직 정원 등은 정비되지 않았다. 일부에는 원래 있던 숲이 그대로 남아 있고, 일부는 벌목하여 마장으로 쓰고 있었다.

"젊은 주군은 어디에 계시느냐?"

사도는 마장 쪽으로 돌아오면서 지나가는 젊은 무사에게 물었다.

"활터에 계십니다."

"아아, 활을 쏘고 계시는군."

사도가 숲속 오솔길을 지나 활터 쪽으로 걸어가는데 활터 쪽에서 활을 쏘는 경쾌한 소리가 들렸다.

"사도 님!"

그때 누군가 그를 불러 세웠다. 같은 번의 이와마 가쿠베에岩間角兵衛였다. 그는 실무자이자 수완이 좋아서 중용되고 있는 인물이었다.

"어디 가십니까?"

가쿠베에가 다가오며 물었다.

"젊은 주군을 뵈러⋯⋯."

"젊은 주군께서는 지금 활 연습을 하고 계십니다."

"그렇지 않아도 그리로 가는 길이네."

사도가 그렇게 말하며 지나가려는데 가쿠베에가 다시 그를 붙잡으며 말했다.

"사도 님, 바쁘시지 않으시면 잠시 상의드리고 싶은 일이 있습니다."

"뭔가?"

"잠시 저기로 가서⋯⋯."

그는 주위를 둘러보더니 숲속의 다실로 청했다.

"다름이 아니오라 젊은 주군과 이야기를 나누시다 한 사람 천거해주셨으면 하는 사람이 있어서 말입니다."

"이 가문에 봉공하고 싶어 하는 자인가?"

"사도 님께도 이런저런 연줄을 동원해서 저와 같은 청을 넣는 자들이 많은 줄은 압니다만, 지금 저희 집에 머무르고 있는 사람이 보기 드문 인물이라 사료되어 실례인 줄 알면서도 감히 청을 드리는 것입니다."

"흠. ⋯⋯인재는 가문 차원에서도 구하고 있지만, 그저 일자리를 얻고 싶어 하는 자들뿐이라."

"그는 그런 자들과는 조금 질이 다른 인물입니다. 실은 제 안사람과도 연고가 있는 사람인데, 스오周防의 이와쿠니岩國에서

96

미야모토 무사시 7

온 뒤로 이태나 저희 집에서 머무르고 있습니다만, 이 가문에 꼭 필요한 인물인 듯해서 말입니다."

"이와쿠니라면 깃카와吉川 가의 낭인인가?"

"아닙니다. 이와쿠니가와岩國川의 고시鄕士(농촌에 토착해서 사는 무인, 또는 토착 농민으로 무인 대우를 받는 사람)의 아들인 사사키 고지로佐々木小次郎라는 자인데 젊은 나이에 도다류富田流의 검법을 가네마키 지사이鐘卷自斎에게 사사하고, 발도술拔刀術(칼을 칼집에 넣은 상태에서 빠르게 칼을 뽑아내 일격을 날리거나 상대의 공격을 받아넘기는 품새)을 깃카와 가의 식객인 가타야마 호키노카미 히사야스片山伯耆守久安에게 전수받았지만 그에 만족하지 않고 스스로 간류巖流라는 유파를 세울 정도로 뛰어난 인물입니다."

가쿠베에는 사도에게 사사키 고지로를 입이 마르도록 칭찬하여 사도가 고개를 끄덕이게 할 심산이었다.

그러나 누군가를 칭찬할 때는 누구나 일단 그 정도 칭찬을 하게 마련이어서 사도는 별로 귀담아듣지 않았다. 오히려 그의 마음속에는 지난 1년 동안 바쁘게 지내다 보니 잊고 있었던 한 사람이 문득 떠올랐다. 바로 호덴가하라에서 땅을 개간하고 있을 미야모토 무사시였다.

2

　무사시라는 이름은 그날 이후로 그의 가슴속에 깊이 새겨져 있었다.

　'그런 인물이야말로 이 가문이 품어야 할 사람인데.'

　사도는 남몰래 이런 생각을 가슴에 품고 있었지만, 다시 한 번 호덴가하라로 가서 직접 그의 인물됨을 알아본 후에 호소카와 가문에 천거할 작정이었던 것이다.

　지금 생각해보니 그런 생각을 품고 돌아온 도쿠간 사에서의 일이 어느새 1년 남짓 지났다. 공무에 쫓기느라 그 이래로 도쿠간 사에 참배를 하러 갈 기회가 없었던 것이다.

　'어떻게 지낼까?'

　사도가 이와마 가쿠베에의 말에 이런 생각을 떠올리고 있을 때 가쿠베에는 자신의 집에 머무르고 있는 사사키 고지로를 천거하는 데 사도의 도움을 기대하며 고지로의 이력과 됨됨이를 한껏 과장해가면서 치켜세우더니 자신의 말에 동조해주기를 바랐다.

　"다다토시 님을 뵙게 되면 모쪼록 사도 님께서도 한마디 거들 어주시길 부탁드립니다."

　가쿠베에는 몇 번이나 거듭 부탁을 하고 물러갔다.

　사도도 일단 알았다고 대답했지만 그의 마음은 가쿠베에에게 부탁을 받은 고지로보다도 무사시라는 이름에 왠지 더 끌리고 있었다.

활터에 가서 보니 다다토시가 가신들과 함께 한창 활을 쏘고 있었다. 다다토시가 쏜 화살은 모두가 정확하게 표적에 가서 맞았고, 활을 쏘는 모습 또한 기품이 있었다.

어느 날 다다토시의 호위 무사가 그에게 물었다.

"앞으로는 전장에서 주로 총포가 사용될 테고 다음이 창이겠지만, 칼과 활은 별로 도움이 되지 않을 듯하니 활은 그저 무가의 장식으로 활용하고 쏘는 법만 배우면 되지 않겠습니까?"

그러자 다다토시는 오히려 그 호위 무사에게 다음과 같이 반문했다.

"내 활은 마음을 과녁으로 삼아 쏘는 것이다. 전장에 나가 적을 쏘기 위해 연습하는 것으로 보이느냐?"

호소카와 가의 가신들은 주군인 산사이 공에게는 물론 진심으로 복종하고 있었지만, 그렇다고 해서 그에게 받은 은덕 때문에 그의 아들인 다다토시를 섬기는 자는 한 명도 없었다. 다다토시를 곁에서 모시고 있는 자들은 산사이 공이 위대하건 위대하지 않건, 그에게서 받은 은덕이 크든 적든, 그것은 중요하지 않았다. 다다토시를 마음으로부터 주군으로 떠받들고 있는 것이었다.

이것은 먼 훗날의 이야기이지만, 번藩(에도 시대 다이묘의 영지나 그 정치 형태)의 신하들이 다다토시를 얼마나 진심으로 공경하고 있는지를 보여주는 좋은 일화가 하나 있다. 그것은 호소카와 가가 부젠의 고쿠라에서 구마모토熊本로 영지를 옮겼을 때의 일이다.

다다토시는 입성식 때 구마모토 성의 성문에서 가마를 내려 의관을 갖춰 입은 채 멍석에 앉아 오늘부터 성주로서 임하는 구마모토 성을 향해 땅에 손을 짚고 절을 했다고 한다. 그런데 그때 다다토시가 쓰고 있던 관의 끈이 성문의 문지방에 닿았다고 하여 그 이후부터 다다토시의 가신은 물론이고 하인들까지 모두 아침저녁으로 그 문을 지날 때면 절대로 한가운데로는 넘어가지 않았다는 것이다.

당시 한 지방의 태수가 '성'에 대해 얼마나 엄숙한 관념을 지니고 있었는지, 또 가신들이 그 '태수'를 얼마나 존경하고 우러러봤는지 이 일례로 잘 알 수 있다.

이미 젊은 시절부터 그런 기개와 도량을 지니고 있던 다다토시였으니 그런 주군에게 가신을 천거함에 있어서도 당연히 아무나 천거할 수는 없었다.

나가오카 사도는 활터에 와서 다다토시가 활을 쏘고 있는 모습을 보자 비로소 이와마 가쿠베에와 헤어질 때 무심결에 알았다고 말한 경솔함이 후회되었다.

3

젊은 무사들과 함께 활 시합을 하며 땀을 흘리고 있는 호소카와 다다토시는 주위에 있는 다른 무사들과 구별이 안 갈 정도로 소탈한 모습이었다. 방금 잠시 쉬려고 젊은 무사들과 담소를 나누며 활터의 공터로 와서 땀을 닦던 그는 사도가 온 것을 발견하고는 말했다.

"영감, 그대도 한 번 쏴보지 않겠소?"

"아닙니다. 저 같은 어른이 어찌 이런 아이들과 어울리겠습니까?"

사도가 이렇게 농으로 받아넘기자 다다토시는 짐짓 토라진 듯 대꾸했다.

"나 원 참. 언제까지 우릴 관례도 올리지 않은 어린아이로 취급하실 것이오?"

"그러게 말입니다. 허나 제 활 솜씨는 일찍이 야마자키山崎 전투 때나 니라야마韮山 성을 공략할 때도 주군께서 감탄하신 솜씨입니다."

"하하하하, 사도 님의 자기 자랑이 또 시작되었군."

무사들이 웃었다.

다다토시도 쓴웃음을 지었다.

"그래, 무슨 일이시오?"

다다토시는 벗어놓은 웃통을 다시 입고 진지한 표정으로 물었다.

사도는 공무와 관련된 이야기를 몇 마디 한 후에 조용한 목소리로 물었다.

"이와마 가쿠베에가 천거할 인물이 있다고 하는데 그 사람을 보셨는지요?"

다다토시는 잊고 있었던 듯 아니라며 고개를 젓다가 바로 생각난 듯 말했다.

"그래, 맞아. 사사키 고지로인가 하는 자를 계속해서 천거했지만 아직 보지는 못했소."

"한 번 만나보심이 어떨지요. 유능한 인물은 제후들이 앞 다투어 높은 녹봉으로 유혹하고 있으니 말입니다."

"그 정도 인물일까요?"

"어쨌든 한 번 만나보신 후에……."

"……사도."

"예."

"가쿠베에로부터 부탁을 받은 모양이군."

다다토시가 쓴웃음을 지었다. 사도는 이 젊은 주군의 영민함을 알고 있었고, 자신이 몇 마디 거든다고 해서 결코 그 영민함이 흐려지지 않으리라는 것도 알고 있었기 때문에 그저 한 마디만 하고 웃었다.

"존의尊意."

다다토시는 다시 장갑을 끼고 가신에게서 활을 건네받으며 말했다.

"가쿠베에가 천거한 사람도 만나봐야겠지만, 언젠가 그대가 말한 무사시라는 인물도 한 번 보고 싶소."

"그것을 여태 기억하고 계셨습니까?"

"나는 기억하고 있는데 그대는 잊고 있었단 말이오?"

"아닙니다. 그 후로 도쿠간 사에 참배를 드리러 갈 시간이 없었기 때문에."

"한 사람의 훌륭한 인재를 얻기 위해서라면 다른 일은 뒤로 미뤄도 상관없소. 바쁘다는 핑계를 대는 건 영감답지 않소."

"황송합니다. 허나 봉공을 청하는 이도 많고, 천거하는 사람도 많기에 혹시 주군께서도 잊지 않으셨나 하여 말씀만 올리고 그만 게을렀습니다."

"아니오, 다른 사람이라면 몰라도 영감이 좋다고 한 인물이기에 나도 내심 기다리고 있었을 뿐이오."

사도는 황송한 마음에 한테이에서 자신의 집으로 돌아오자마자 곧바로 말을 준비시켜서 시종 한 명만 데리고 가쓰시카葛飾의 호덴가하라로 서둘러 떠났다.

오늘 밤엔 어디에서도 묵을 수 없었다. 금방 갔다가 금방 돌아올 생각이었다. 사도는 마음이 급해서 도쿠간 사에도 들르지 않고 말을 재촉했다.

"겐조, 호덴가하라가 이쯤이 아니더냐?"

사도는 시종인 사토 겐조佐藤源三를 돌아보며 물었다.

"저도 그렇게 알고 있습니다만, 이 근처는 보시다시피 푸른 논이 있으니 개간을 하고 있는 곳은 들판의 좀 더 안쪽인 듯싶습니다."

"그런가?"

도쿠간 사에서 꽤 멀리 지나왔다. 여기에서 더 안쪽으로 들어가면 길은 히타치常陸 가도로 접어들게 된다.

해가 지기 시작한 푸른 논에는 백로들이 날아다니고 있었다. 강변의 가장자리와 언덕 아래를 비롯해 군데군데 마가 심어져 있고, 보리도 바람에 물결치고 있었다.

"아아, 주인 나리."

"왜 그러느냐?"

"저기에 농부들이 잔뜩 모여 있습니다."

"……응? ……그래, 그렇구나."

"가서 물어볼까요?"

"기다려라. 뭣 때문인지 번갈아가며 땅에 이마를 대고 절을 하고 있는 모습이구나."

"어쨌든 가 보시지요."

겐조는 말고삐를 끌고 얕은 여울목을 건너 그곳으로 갔다.

"여보게들."

겐조가 부르자 그들은 깜짝 놀란 표정으로 우왕좌왕했다.

오두막이 한 채 있고 그 옆에 새 둥지 같은 자그마한 불당이 만들어져 있었는데, 그들은 거기에다 절을 하고 있었다.

하루의 일과를 끝낸 마을 사람들은 대략 쉰 명이나 그곳에 모여 있었다. 모두가 집으로 돌아가려는 참이었는지 깨끗이 씻은 농기구를 들고 있었다. 뭔가를 웅성거리는 그들 사이에서 스님 한 명이 나왔다.

"누구신가 했더니 나가오카 사도 님이 아니십니까?"

"자네는 작년 봄에 마을에 소동이 났을 때 나를 안내했던 도쿠간 사의 스님이 아니신가?"

"그렇습니다. 오늘도 참배를 다녀오시는 길입니까?"

"아니네. 급한 볼일이 있어서 곧장 이리로 왔네. 거두절미하고 묻겠네만, 그때 여기서 개간을 하던 무사시라는 자와 이오리라는 아이는 지금도 잘 있는가?"

"그분은 이제 여기에 안 계십니다."

"뭐, 없다고?"

"예, 달포쯤 전에 돌연 어딘가로 떠나셨습니다."

"무슨 사정이 있어서 떠난 건가?"

"아닙니다. 다만 그날엔 마을 사람들 모두 일을 쉬고 이렇게 물만 차 있던 황무지가 푸른 논으로 변한 것을 기념하는 잔치를 벌였습니다. 그런데 다음 날 아침이 되자 무사시 님도 이오리도 오두막에서 모습이 보이지 않았습니다."

그는 아직도 근처에 무사시가 있는 것 같은 기분이 든다며 다음과 같은 이야기를 들려주었다.

5

도적들을 물리친 그날 이후로 마을의 치안은 공고해지고 평화가 찾아오자 이 지방에서는 누구 하나 무사시의 이름을 함부로 부르는 자가 없었다.

호덴의 낭인님이라거나 또는 무사시 님이라고 존대하여 부르게 되었고, 지금까지 미친놈 취급을 하거나 험담하던 사람들도 무사시의 오두막으로 찾아와서 자기도 돕게 해달라는 식으로 변했다.

무사시는 누구에게나 평등하게 대했다.

"이곳에 와서 돕고 싶은 사람은 모두 와서 도우시오. 풍요롭게 살고 싶은 사람은 이리로 오시오. 자기만 잘 먹고 잘 살다 죽는 것은 짐승인들 못하겠소. 조금이라도 자손을 위해 무언가를 남기고 싶은 사람은 모두 오시오."

그러자 즉각 너도나도 나서면서 그의 개간지에는 할 일이 없는 사람들이 매일 수십 명씩 몰려왔고, 농한기에는 수백 명이나 찾아와서 마음을 합쳐 황무지를 개간했다.

그 결과 작년 가을에는 그때까지 홍수가 나던 곳도 막을 수 있었고, 겨울에는 땅을 일구고, 봄에는 모내기를 하고 물을 끌어다 댔으며, 초여름에는 작지만 새 논에 파릇파릇 이삭이 나고 마와 보리도 한 척 넘게 자랐다.

도적들도 더 이상 오지 않았다. 마을 사람들은 마음을 합쳐 열심히 일하기 시작했다. 젊은이들의 부모와 여자들은 무사시를 신처럼 받들며 쑥떡이랑 처음 수확하는 채소가 생기면 오두막으로 가지고 왔다.

"내년에는 논과 밭도 지금의 배로 늘어날 것이고 그다음 해에는 세 배가 될 거야."

사람들은 도적 토벌로 마을의 치안에 대해 믿음을 갖게 되었고, 동시에 황무지 개간에도 굳은 신뢰를 보이게 되었다. 마을 사람들은 그 감사의 표시로 일을 하루 쉬며 오두막에 술항아리를 들고 와서 무사시와 이오리를 위해 잔치를 열었다.

그때 무사시가 말했다.

"나의 힘이 아니라 여러분의 힘이오. 나는 그저 여러분의 힘을 이끌어낸 것에 지나지 않소."

그리고 잔치에 참석한 도쿠간 사의 스님에게 당부했다.

"앞으로는 나 같은 일개 떠돌이 무사에게 모두가 의지해서는 끝이 좋지 못할 것이오. 언제까지나 지금의 신념과 일치단결된 마음을 유지하기 위해서는 이것을 마음을 다잡는 초석으로 삼길 바랍니다."

무사시는 나무를 깎아 만든 관음상을 보퉁이에서 꺼내 스님에게 건넸다.

다음 날 아침, 사람들이 오두막에 와서 보니 무사시는 이미 어디론가 가고 없었다. 이오리를 데리고 어디로 간다는 말도 없이 날이 새기 전에 길을 떠난 듯 행장도 보이지 않았다.

"무사시 님이 안 계셔!"

"어디론가 사라져버리셨어!"

마을 사람들은 마치 어버이를 잃은 것처럼 그날은 모두 일손을 놓고 하루 종일 무사시에 관한 이야기를 하며 서운한 마음을 달랬다.

도쿠간 사의 스님은 무사시가 한 말을 떠올리고는 마을 사람들을 격려했다.

"이러고 있으면 그분께 도리어 죄를 짓는 것이오. 논을 마르지 않게 하고 밭을 늘립시다."

그리고 오두막 옆에 조그만 불당을 만들고 그곳에 무사시가 주고 간 관음상을 모시자, 마을 사람들은 아침저녁으로 일을 시작하기 전과 일을 마친 후에는 무사시에게 인사하듯 반드시 관음상에 절을 했다.

스님의 이야기는 여기서 끝났다. 나가오카 사도는 한동안 아쉬운 마음을 달랠 길이 없었다.

"아아, 내가 한발 늦었구나."

4월 무렵의 밤이 밤안개에 몽롱하게 물들어갔다. 사도는 아쉬움에 젖어 말머리를 돌리면서 몇 번이나 입 속에서 중얼거렸다.

"참으로 어리석었구나. 나의 이런 게으름은 주군에 대한 불충과 같다. ……늦었구나. 너무 늦었어."

에도로

1

료코쿠両國라는 지명도 다리가 생기고 난 다음에 붙여졌는데, 이 무렵에는 아직 료코쿠 다리도 없었다. 그러나 시모우사下総 지역에서 오는 길과 오슈奥州 가도에서 갈라진 길도 나중에 이 다리가 놓인 곳까지 오면 스미다 강隅田川에 가로막혔다.

나루터에는 관문이라고 해도 될 정도로 튼튼한 나무문이 있었다. 그곳에는 에도 마치부교町奉行(에도·오사카大阪·슨푸駿府 등지에 두고 시중의 행정·사법·소방·경찰 따위의 직무를 맡아보았음. 또 에도 이외에는 각기 지명을 앞에 붙였음)라는 직제가 생기고 난 이후 초대 마치부교인 아오야마 히타치노스케 다다나리青山常陸介忠成의 부하들이 행인들을 일일이 검문하고 있었다.

"잠깐만."

"좋다."

그 모습을 보고 무사시는 생각했다.

'흠, 에도의 치안도 꽤 엄격해졌군.'

3년 전, 나카센도를 통해 에도에 들어왔다가 바로 오우奧羽로 떠났을 때는 아직 이 도시에 출입하는 것이 이 정도로 엄격하지는 않았다. 그런데 갑자기 이렇게 엄중해진 이유는 무엇일까?

무사시는 이오리를 데리고 나무문 앞에서 줄을 서서 기다리는 동안 생각했다.

도시가 도시다워지면 필연적으로 인구가 늘어나고, 그들 사이에서는 수많은 일들이 일어나게 마련이다. 그러면 제도가 필요하고, 제도의 법망을 피하는 방법도 활발해진다. 그리고 번영을 기원하며 새로운 문화를 세우지만, 그 문화 아래에서는 비참한 생활과 욕망이 피투성이가 되어 서로 물고 뜯는다. 그러한 이유도 있을 것이다.

그러나 또 이곳이 도쿠가와 가의 쇼군 소재지가 되는 것과 동시에 오사카 쪽에 대한 경계도 날이 갈수록 엄중히 할 필요가 있었을 것이다. 강을 사이에 두고 봐도 무사시가 지난번 보았던 에도와는 지붕 수가 한층 늘어났고, 숲이 눈에 띄게 줄어든 것만으로도 격세지감을 느꼈다.

"어이, 낭인!"

가죽 옷을 입은 두 명의 문지기가 무사시를 불러 세우고는 품속에서부터 등, 허리까지 온몸을 수색했다.

다른 관리가 옆에서 삼엄한 눈빛으로 물었다.

"에도에는 무슨 일로 들어가는가?"

무사시가 바로 대답했다.

"정처도 없고, 목적도 없이 떠도는 수련생입니다."

"목적도 없이?"

관리가 다그치듯 다시 물었다.

"수련이라는 목적이 있지 않은가?"

"……."

무사시가 쓴웃음을 짓자 다시 물었다.

"고향은?"

"미마사카美作 요시노고吉野鄕의 미야모토 마을입니다."

"모시고 있는 주군은?"

"없습니다."

"그럼, 노자와 여타의 비용은 어떻게 마련하는가?"

"가는 곳마다 볼품없는 재주이지만 조각을 하거나 그림 등을 그려서 팔고, 사찰에 묵으면서 노자를 아끼고, 검술을 배우길 원하는 사람이 있으면 가르치고, 사람들의 도움을 받아가며 여행을 하고 있습니다만, 그것도 없을 때는 길에서 자며 풀뿌리나 나무열매로 끼니를 해결하고 있습니다."

"흠……. 그럼, 어디에서 오는 길인가?"

"미치노쿠에서 반년 남짓, 시모우사의 호덴가하라에서 농부

흉내를 내며 2년쯤 지내다 언제까지 흙을 파먹고 살 수는 없다는 걸 알고 이리로 오는 길입니다."

"동행하는 아이는?"

"같은 곳에서 만난 이오리라고 하는 고아인데 열네 살입니다."

"에도에서 묵을 데는 있는가? 묵을 데가 없거나 연고가 없는 사람은 절대로 들어갈 수 없다."

끝이 없었다. 뒤에는 많은 사람들이 차례를 기다리고 있었다. 솔직하게 대답하는 것도 바보 같았고, 다른 사람한테도 폐가 되는 것 같아 거짓말을 했다.

"있습니다."

"어디의 누구인가?"

"야규 다지마노카미 무네노리柳生但馬守宗矩 님입니다."

2

"뭐, 야규 님이라고?"

관리는 다소 당황한 듯한 표정으로 말이 없었다.

무사시는 야규 가라고 대답한 것을 스스로 생각하기에도 잘한 일이라고 감탄했다. 야마토大和의 야규 세키슈사이柳生石舟斎와는 일면식도 없지만 다쿠안을 통해서 서로 알고 있는 사이였다. 야규 가에 물어보더라도 그런 인간은 모른다고 대답하지는 않을 것이다.

어쩌면 다쿠안도 에도에 와 있을 것 같은 기분이 들었다. 결국 세키슈사이를 만나지 못하고 그토록 원하던 결투도 하지 못했지만, 그의 아들이자 야규류의 적통을 이어받아 히데타다 쇼군의 사범을 역임하고 있는 다지마노카미 무네노리와는 꼭 한 번 만나고도 싶었고, 결투도 해보고 싶었다. 평소에 그렇게 생각하던 것이 관리의 질문에 자기도 모르게 바로 행선지로 튀어나와 버린 것이다.

"어이구, 야규 가와 인연이 있는 분이셨습니까?……실례했습니다. 요즘 수상한 무사들이 에도에 숨어 들어서 상부에서 낭인들을 더욱 엄중하게 조사하라는 엄명이 내린 터라……."

말투와 태도가 달라진 관리는 그저 형식적으로 몇 마디 더 물어보더니 말했다.

"들어가십시오."

뒤따라온 이오리가 투덜거렸다.

"스승님, 왜 무사에게만 저렇게 구는 거죠?"

"적의 첩자를 막기 위해서일 게다."

"참 나, 첩자라면 낭인 차림을 하고 있겠어요? 관리란 사람들이 머리가 나쁘네요."

"듣겠다."

"방금 전에 나룻배가 떠났어요."

"기다리는 동안 후지 산이나 구경하자꾸나. 이오리, 저기 후지 산이 보인다."

"후지 산이 뭐 신기하다고. 호덴가하라에서도 매일 볼 수 있었잖아요."

"오늘 보는 후지 산은 달라."

"어째서요?"

"후지 산은 하루도 같은 모습이 아니니까."

"같은데요."

"때와 날씨, 보는 장소와 봄과 가을, 그리고 보는 사람의 당시 마음 상태에 따라서 다르게 보인단다."

"……."

이오리는 강가의 돌을 주워 물수제비를 뜨면서 놀다가 갑자기 뛰어와서는 물었다.

"스승님, 이제 야규 님 댁으로 가는 거예요?"

"글쎄다, 어떻게 할까?"

"아까는 저기서 그렇게 말했잖아요."

"언젠가 한 번은 갈 생각이지만…… 그분은 다이묘라서."

"쇼군 가의 사범이면 대단한 거죠?"

"응."

"나도 어른이 되면 야규 님처럼 돼야지."

"그런 작은 꿈은 갖지 말거라."

"예? 왜요?"

"후지 산을 보렴."

"후지 산은 될 수 없잖아요."

"이렇게 돼야지, 저렇게 돼야지, 하고 조바심을 내기보다는 후지 산처럼 아무 말 없이 무엇에도 움직이지 않는 자신을 만들도록 해야 돼. 세상에 아첨하지 말고 세상이 우러러보는 사람이 되면 저절로 자신의 가치는 세상 사람들이 정해줄 것이다."

"나룻배가 왔어요."

남에게 뒤처지는 것을 싫어하는 아이들의 천성처럼 이오리는 무사시를 내버려두고 제일 먼저 뱃머리로 뛰어올랐다.

3

넓은 곳도 있고, 좁은 곳도 있다. 강 한가운데에는 모래톱도 있고, 유속이 빠른 여울도 보인다. 무엇보다도 당시의 스미다 강은 자유분방한 모습이었다. 그리고 료코쿠는 바다와 가까운 안곡岸曲이었는데 파도가 높은 날에는 양쪽 강기슭이 탁류에 잠겨서 평소보다 두 배나 큰 강으로 변했다.

나룻배의 삿대가 강바닥의 모래를 힘차게 디디며 앞으로 나아갔다. 하늘이 맑은 날에는 강물도 투명해서 뱃전에서 물고기가 보였다. 뻘겋게 녹슨 투구의 장식 따위가 작은 돌멩이 사이에 묻혀 있는 것도 그대로 보였다.

"흐음, 과연 얼마나 이대로 태평한 시절이 지속될까?"

배 안에 있는 사람들이 이야기를 주고받고 있었다.

"그리 오래 가지는 않을걸?"

누군가 이렇게 말하자 옆에 있던 일행이 그의 말을 받아서 말했다.

"언젠가 큰 싸움이 벌어지겠지. 그렇지 않으면 좋겠지만 말이야."

이야기가 더 탄력을 받을 것 같은데도 탄력을 받지 않았다. 그들 중에는 그런 이야기는 하지 않는 게 낫겠다는 표정으로 강물을 바라보는 자도 있었다. 관리의 귀가 두려웠기 때문이다.

하지만 백성들은 윗전의 눈치를 보면서도 그런 이야기를 하는 것을 좋아했다.

"그 증거로 나루터에서 검문하는 것만 봐도 그래. 이처럼 검문이 삼엄해진 것은 얼마 전부터인데, 가미가타上方(교토 부근, 간사이関西 지방)에서 첩자들이 끊임없이 숨어들고 있다더군."

"그러고 보니 요즘 다이묘들의 저택에 도둑이 자주 든다는군. 소문이 나면 창피하니까 도둑을 맞은 다이묘들은 모두 쉬쉬하고 숨기고 있다는 거야."

"그 역시 첩자의 소행이겠지. 아무리 돈이 궁한 자라도 목숨을 버릴 각오를 하지 않는 이상 다이묘의 저택에 숨어들 수는 없을 테니, 단순한 도둑은 아닐 걸세."

나룻배를 탄 사람들을 둘러보니 에도의 축소판 같았다. 톱밥이 묻은 목재상, 가미가타에서 온 싸구려 예인藝人, 거들먹거리는 건달, 우물을 파는 일을 하는 듯한 한 무리의 노동자와 그들과 시시덕거리는 매춘부, 승려, 고무소虛無僧(보화종普化宗의 승려. 장발에 장삼을 입고 삿갓을 깊숙이 쓰고 퉁소를 불며 각처를 수행함), 그리고 무사시와 같은 낭인들.

배가 닿자 그들은 느릿느릿 줄을 지어 뭍으로 올라갔다.

"여보시오, 낭인!"

무사시를 쫓아온 사내가 있었다. 나룻배 안에 있던 땅딸막한 건달이었다.

"뭐 잃어버린 것 없소? 이게 당신 허리춤에서 떨어져서 내가 주워 왔소만."

사내가 낡고 때에 전 붉은 비단주머니를 무사시의 얼굴 앞으로 내밀자 무사시는 고개를 저었다.

"아니오, 내 물건이 아닙니다. 다른 사람의 것이겠지요."

그러자 옆에서 손이 불쑥 튀어나와 사내의 손에서 그것을 낚아채더니 품속에 넣는 자가 있었다.

"아, 내 거다."

무사시의 옆에 있으면 키 차이가 너무 나서 주의 깊게 보지 않으면 알아챌 수 없을 정도로 작은 이오리였다.

사내가 화를 냈다.

"야, 이놈아! 아무리 네 거라도 주워준 사람한테 고맙단 인사도 하지 않고 불쑥 빼앗아가는 놈이 어디 있느냐! 다시 내 놓아라. 세 번 절하며 감사를 표하면 돌려주겠지만, 그렇지 않으면 강물에 던져버릴 테다."

4

사내가 화를 내는 것도 어른답지 못했지만, 이오리의 행동도 옳다고는 할 수 없었다. 하지만 무사시가 아이가 철없이 한 짓이니 자신을 봐서라도 용서해달라고 대신 사과하자 사내가 말했다.

"형인지 주인인지는 모르겠지만, 어디 그대의 이름이라도 들어봅시다."

무사시는 머리를 조금 숙여서 사과의 뜻을 전하고 대답했다.

"이름을 댈 만한 자는 못 됩니다만, 낭인 미야모토 무사시라고 합니다."

"뭐?"

사내는 눈을 크게 뜨고 한동안 무사시를 뚫어져라 쳐다보더니 이오리에게 한마디 툭 던졌다.

"다음부터는 조심하거라."

그가 몸을 돌려 가려고 하자 무사시가 느닷없이 소리를 지르며 그의 칼집을 잡았다.

"잠깐만!"

처녀처럼 온순하던 무사시의 입에서 갑자기 거친 고함이 튀어나오자 사내는 깜짝 놀라면서 대꾸했다.

"무, 무슨 짓이오?"

사내는 무사시에게 잡힌 허리춤의 칼집을 뿌리치려고 돌아섰다.

"네 이름을 대라!"

"내 이름?"

"남의 이름을 듣고 인사도 없이 그냥 가는 법이 어디 있느냐?"

"난 한가와라半瓦의 부하인 땅딸이 주로十郞다."

"알았다, 가라."

무사시가 놓아주자 주로는 그대로 뛰어가며 소리쳤다.

"기억해두겠다."

이오리는 무사시가 자신의 원수를 갚아주기라도 한 것처럼 신뢰가 가득 담긴 시선으로 올려다보며 옆에 바짝 들러붙었다.

"쌤통이다. 이 겁쟁이야."

무사시는 마을로 걸어가며 이오리를 불렀다.

"이오리."

"예."

"지금까지처럼 들에서 다람쥐와 여우를 이웃해서 살 때는 상관없었지만, 여기처럼 많은 사람들이 살고 있는 번화가에 오면 예의범절을 지켜야 한다."

"예."

"사람과 사람이 원만하게 살아간다면 세상은 극락이겠지만, 인간은 천성적으로 누구나 신의 성품과 악마의 성질이라는 양면성을 지니고 있다. 그것이 자칫 잘못하면 세상을 지옥으로 만들기도 하니 악한 마음이 고개를 들지 못하도록 사람들에게 예의를 지키고, 체면을 중히 여겨야 한다. 또 높은 사람들이 법을 만들면 거기에 질서라는 것이 생기게 된다. 네가 방금 한 철없는 행동은 아주 사소한 일이지만, 그런 질서 속에서는 다른 사람을 화나게 할 수 있으니 조심해야 한다."

"예."

"앞으로 어디로 가게 될지 모르지만 가는 곳의 규율에는 순순히 따르고, 사람들에게는 예의를 지키며 대하거라."

무사시가 그렇게 차근차근 타이르자 이오리는 몇 번이나 고개를 끄덕이며 공손한 말투로 대답했다.

"알았습니다."

그러고는 깍듯이 인사를 하며 물었다.

　"스승님, 또 떨어뜨리면 안 되니 죄송하지만 스승님께서 이걸 맡아주세요."

　이오리는 나룻배에서 잃어버릴 뻔했던 낡은 주머니를 무사시에게 건넸다. 그때까지는 그다지 눈여겨보지 않았던 무사시는 주머니를 받아들자 문득 생각이 났다.

　"이건 돌아가신 부친의 유품이 아니냐?"

　"예, 그렇습니다. 도쿠간 사에 맡겨두었는데 새해 들어 주지 스님이 아무 말도 하지 않고 돌려주셨습니다. 돈도 처음 그대로 들어 있고요. 필요하시면 스승님이 쓰셔도 됩니다."

5

　"고맙구나."

　무사시는 이오리에게 그렇게 말했다.

　별 생각 없이 한 말이었지만 이오리는 너무 기뻤다. 그는 어린 마음에도 자신이 모시고 있는 스승이 얼마나 가난한지 잘 알고 있었고, 항상 걱정하던 터였다.

　"그럼, 빌리는 것으로 하마."

　무사시는 그렇게 말하며 주머니를 품속에 넣었다. 그리고 걸으면서 이오리는 아직 아이이지만 어려서 척박한 땅과 가난한 집에서 자라 곤궁한 생활을 해왔기 때문에 저절로 '경제'에 대한 관념이 강하게 몸에 배어 있다고 생각했다. 그에 비해 자신은 '돈'을 경시하고 경제를 도외시하는 단점이 있다는 것을 깨달았다.

'이 아이는 나에게 없는 재능을 갖고 있는 듯하군.'

무사시는 친해질수록 이오리의 성격 속에서 차츰 단련되어가는 총명함을 믿음직스럽게 생각했다. 그것은 자신이나 헤어진 조타로에게도 없는 것이라고 생각했다.

"오늘 밤엔 어디서 묵을까?"

무사시에게는 목적지가 없었다. 이오리는 신기한 듯 거리를 둘러보다가 이윽고 타향에서 친구라도 발견한 듯 다소 흥분한 목소리로 한 곳을 가리키며 말했다.

"스승님, 저기 말들이 잔뜩 있어요. 마을 안에 마시장이 있나 봐요!"

거간꾼들이 모여들자 그들을 상대하는 술집이며 여인숙 등이 우후죽순으로 생겨났기 때문에 근래에 '거간꾼 거리'라고도 불리는 네거리 부근부터 수많은 말들이 늘어서 있었다.

시장으로 다가가자 쇠파리와 사람들 소리로 떠들썩했다. 간토 사투리와 다른 지방의 사투리가 뒤섞여 있어서 무슨 말인지 도통 알아들을 수가 없는 소음이었다.

무사 하나가 시종을 데리고 열심히 명마를 찾아다니고 있었다. 세상에는 인재가 드물듯이 말 중에서도 명마는 귀한 듯했다.

"그만 가자. 주군께 추천할 만한 말이 한 마리도 없구나."

무사가 이렇게 말하며 말 사이에서 몸을 돌린 순간 무사시와 정면으로 딱 마주쳤다.

"아아."

무사는 놀란 듯 가슴을 뒤로 젖히며 말했다.

"미야모토 님이 아니십니까?"

무사시도 그를 알아보고 똑같이 소리쳤다.

"아!"

그는 야마토의 야규 장원에서 친히 신음당新陰堂으로 초대하여 하룻밤 검에 관한 담소를 나눈 적이 있는 야규 세키슈사이의 수제자 중 한 명인 기무라 스케쿠로木村助九郎였다.

"에도에는 언제부터 계셨습니까? 생각지도 못한 곳에서 또 뵙게 되는군요."

스케쿠로는 무사시의 차림새를 보고 그가 여전히 수련 중이라는 것을 알아차린 듯 말했다.

"아니, 지금 막 시모우사에서 오는 길이오. 야마토의 큰 스승께서도 여전히 건강하시지요?"

"예, 무탈하십니다. 허나 아무래도 연세가 있다 보니."

스케쿠로는 그렇게 말하고 바로 무사시에게 청했다.

"다지마노카미 님 댁에도 한번 걸음을 하시지요. 서로 인사도 하시고, 또······."

스케쿠로는 무사시의 얼굴을 쳐다보면서 무슨 의미인지 싱긋이 웃었다.

"귀공께서 잃어버리신 아름다운 물건이 저택에 있소이다. 꼭 한 번 들르십시오."

'아름다운 물건이라······ 뭐지?'

스케쿠로는 시종을 데리고 이미 길 건너편 쪽으로 성큼성큼 걸어가고 있었다.

파리 떼

1

　방금 전에 무사시가 헤매던 거간꾼 거리의 뒷골목은 거의 절반가량이 지저분한 여인숙이었다. 무사시와 이오리는 숙박료가 싸다는 이유로 이곳에서 묵었다. 그들이 묵는 여인숙은 물론이고 어느 여인숙에나 마구간이 딸려 있어서 사람이 묵는 곳이라기보다는 말의 숙소라고 하는 편이 더 어울렸다.

　"무사님, 바깥쪽 2층은 파리가 좀 적은 편이니 방을 옮기시지요."

　여인숙에서는 거간꾼이 아닌 손님인 무사시를 좀 더 특별하게 대하는 느낌이었다. 그러나 황송하게도 어제까지 오두막에서 살던 것과 비교하면 여기는 적어도 다다미疂가 깔려 있었다. 그럼에도 불구하고 무사시가 자기도 모르게 "파리가 정말 극성이군." 하고 불평하듯 중얼거린 소리가 여인숙 여주인의 귀에 들어간 모양이다.

　무사시와 이오리는 여주인의 호의를 받아들여 바깥쪽 2층으로 방을 옮겼는데 그 방은 서향이어서 저녁햇살이 강하게 내리쬐고 있었다. 하지만 무사시는 그런 내색을 하지 않고 주인에게 말했다.

　"좋군. 이 방이면 되겠어."

　무사시는 방 안으로 들어가 앉았다.

　인간을 둘러싼 문화의 분위기란 것은 참 희한하다. 바로 어제까지 살던 오두막에서는 강한 저녁햇살이 이삭을 여물게 해주고 청명한 내일을 꿈꾸게 하는 더할 나위 없는 광명이자 희망이었다.

　또 땅에서 일할 때는 땀이 밴 살갗에 달라붙는 파리 따위는 아무렇지도 않았다. 오히려 "너도 살아 있구나. 나도 살아서 이렇게 일하고 있다."라고 말하고 싶을 정도로 자연 속에서 함께 생명을 지니고 살아가는 친구로 여겨지기까지 했다.

　그러나 큰 강을 하나 건너서 이렇게 번성하고 있는 대도시의 일원이 되자 저녁햇살이 뜨겁고, 파리가 시끄럽다는 따위의 잔신경이 쓰이면서 뭔가 맛있는 것을 먹고 싶다는 생각이 드는 것이었다.

　그런 인간의 변덕은 이오리의 얼굴에도 여실히 드러났다. 무리도 아닌 것이 바로 옆방에서 거간꾼 일행이 솥에 뭔가를 끓이면서 시끌벅적하게 술을 마시고 있었던 것이다. 호덴가하라의 오두막에서는 메밀국수가 먹고 싶으면 초봄에 씨앗을 뿌리고, 여름에 꽃이 피는 것을 보고, 가을 햇살에 열매를 말려놓아야 겨울밤에 그 열매로 가루를 내서 국수를 뽑아 먹을 수 있었지만, 여기서는 손뼉만 한 번 치면 금방 국수가 나왔다.

"이오리, 메밀국수 먹을까?"

"예."

이오리는 침을 꼴깍 삼키며 기쁜 듯 고개를 끄덕였다. 여인숙 여주인을 불러 국수를 말아줄 수 있느냐고 묻자 다른 손님들도 주문을 했으니 오늘은 만들어줄 수 있다고 했다.

두 사람은 메밀국수를 만드는 동안 저녁 해가 드는 창가에 턱을 괴고 사람들이 오가는 길을 내려다보다가 건너편 처마에 걸려 있는 간판을 보았다.

혼을 가는 곳
혼아미本阿弥 **문파 즈시노 고스케**厨子野耕介

이오리는 자못 놀란 표정으로 물었다.

"스승님, 저기 혼을 가는 곳이라고 쓰여 있는데 무슨 장사를 하는 집일까요?"

"혼아미 문파라는 걸 보니 검을 가는 곳일 게다. 검은 무사의 혼이라고 하니까."

무사시는 그렇게 대답하고는 혼잣말로 중얼거렸다.

"그래, 내 칼도 한 번 손질을 해야겠구나. 나중에 들러보자."

그때 옆방에서 싸움이 벌어진 듯했다. 싸움이라기보다는 노름 때문에 말썽이 생긴 듯했다. 무사시는 좀체 나오지 않는 메밀국수를 기다리다 지쳐 팔베개를 하고 꾸벅꾸벅 졸다가 눈을 번쩍 뜨며 이오리에게 말했다.

"이오리, 옆방 사람들에게 좀 조용히 해달라고 하거라."

옆방과 사이에 있는 장지문을 열고 말하면 될 것을 그러면 무사시가 누워 있는 모습이 상대에게 보이기 때문에 이오리는 일부러 복도로 나가서 옆방으로 갔다.

"아저씨들, 너무 떠들지 말아주세요. 옆방에서 제 스승님이 주무시고 계시니까요."

그러자 노름 때문에 핏발이 선 그들의 눈이 이오리에게 일제히 쏠렸다.

"이 꼬마가 뭐라는 거야?"

이오리는 그들의 무례함에 발끈해서 불만스러운 표정으로 말했다.

"파리가 시끄러워서 2층으로 옮겼더니 이번엔 아저씨들이 떠들어서 견딜 수가 없잖아요!"

"그건 네 말이냐? 아니면 네 주인이라는 자가 그렇게 말하고 오라고 시키더냐?"

"스승님이요."

"시켰단 말이지?"

"누구든 시끄러울 거예요."

"좋다. 너같이 쥐방울만 한 녀석한테는 뭐라고 말해봐야 아무 소용이 없을 터. 이따가 지치부秩父의 구마고로熊五郎가 직접 말하러 갈 테니 물러가거라."

지치부의 곰인지 늑대인지는 모르겠지만, 그들 중에 사나워 보이는 자들이 두세 명 눈을 번뜩이며 노려보자 이오리는 황망히 방으로 돌아왔다. 방에 돌아와 보니 무사시는 팔을 벤 채 실눈을 뜨고 자고 있었다. 옷자락에 비추던 저녁햇살도 어느덧 어둑해졌고, 발끝과 장지문 아래에 남아 있는 햇살에 파리 떼가 새카맣게 모여 있었다.

이오리는 무사시를 깨워선 안 될 것 같아 말없이 거리를 내려다보고 있었다. 하지만 옆방은 여전히 시끄러웠다.

그들은 항의가 들어오자 말다툼은 그친 듯했지만, 그 대신 이번에는 무례하게도 장지문을 살짝 열고 들여다보거나 폭언을 하고 비웃는 것이었다.

"어디서 굴러먹던 낭인인지 모르겠지만, 에도의 한복판으로 기어 들어와서, 더구나 거간꾼들의 숙소에 드러누워 떠들지 말라니, 떠드는 게 우리의 천성인데 어쩌라고!"

"끌어내!"

"뻔뻔하게 일부러 자는 척하는데?"

"무사 따위에게 겁을 집어먹는 거간꾼은 이 간토에는 없다는 걸 누가 똑똑히 알려주고 와."

"말로 끝내는 건 안 되지. 뒷마당으로 끌어내서 말 오줌으로 세수나 시켜주자."

그러자 지치부의 구마고로라는 사내가 말했다.

"잠깐만. 무사 한 놈 가지고 뭘 그리 수선인가. 내가 가서 잘못했다는 글을 받아오든가 말 오줌으로 얼굴을 씻기든가 결판을 내고 올 테니 자네들은 술이나 마시면서 구경하고 있어."

"그거 재미있겠군."

거간꾼들은 장지문 뒤에서 조용해졌다. 그들의 눈에 믿음직해 보이는 구마고로는 허리끈을 고쳐 메고 장지문을 열더니 눈을 치뜬 채 무사시를 보면서 무릎걸음으로 넘어왔다.

"잠깐, 실례하겠소."

무사시와 이오리 사이에는 주문한 메밀국수가 이미 나와 있었다. 커다란 그릇에 여섯 개의 국수 뭉치가 가지런히 놓여 있었고, 무사시는 그중 한 뭉치를 젓가락으로 풀어헤치려던 참이었다.

"⋯⋯아, 왔어요, 스승님."

이오리는 깜짝 놀라며 물러앉았다. 구마고로는 그 뒤에 책상다리를 하고 앉아서 양쪽 팔꿈치를 무릎에 대고 두 손으로 험상궂은 얼굴을 받치고 말했다.

"어이, 낭인. 먹는 건 뒤로 미루는 게 어떤가? 가슴이 턱 막힐 텐데 아무렇지 않은 듯 억지로 먹다가는 체하지 않겠나?"

무사시는 듣는지 마는지 웃으면서 다음 젓가락으로 또 국수 뭉치를 풀어서 맛있다는 듯 먹고 있었다.

3

구마고로가 핏대를 세우며 갑자기 고함을 질렀다.

"멈춰라!"

무사시는 젓가락과 국수 그릇을 든 채 물었다.

"넌 누구냐?"

"거간꾼 거리에 와서 내 이름을 모르는 자는 장님이 아니면 귀머거리나 다름없다."

"내 귀가 조금 먹었으니 큰 소리로 말해라. 어디의 누구냐?"

"간토의 거간꾼, 지치부의 구마고로라고 하면 울던 아이도 울음을 그치는 무서운 분이시다."

"……하하하. 말장수군."

"너 같은 무사를 상대로 말을 파는 사람이니 어디 인사나 한 번 해보거라."

"무슨 인사?"

"방금 저 꼬마를 보내서 시끄럽다며 건방을 떨었는데 여긴 거간꾼들의 거리다. 높으신 분들이 묵는 숙소가 아닌 거간꾼들의 숙소란 말이다."

"알다마다."

"알면서 우리가 노는 곳에 와서 어찌 시비를 걸었느냐? 모두 기분이 상해서 저렇게 네가 인사하기를 기다리고 있다."

"인사라면?"

"잔소리 말고 거간꾼 구마고로 님과 다른 모든 분들 앞으로 사과문을 쓰든가, 그렇게 못하겠다면 널 뒤편으로 끌고 가서 말 오줌으로 얼굴을 씻겨주겠다."

"재미있군."

"뭐라고?"

"아니, 너희들끼리 하는 말이 참 재미있기에 하는 말이다."

"헛소리를 들으려고 온 것이 아니다. 어느 쪽이든 빨리 대답해라."

구마고로는 낮에 마신 술에 취기가 오른 얼굴로 소리쳤다. 이마에 맺힌 땀방울이 저녁햇살에 반짝이며 보는 이의 눈에도 더워 보였다. 구마고로는 그것으로는 위협이 부족하다고 생각했는지, 털이 수북하게 난 가슴을 내보이며 말했다.

"대답에 따라서는 그냥 물러나지 않을 테다. 자, 어느 쪽인지 빨리 말하거라."

그는 복대에서 꺼낸 단도를 국수 그릇 앞에 꽂으며 책상다리를 더 크게 벌렸다.

무사시는 웃으면서 물었다.

"그럼, 어느 쪽으로 하는 게 좋겠나?"

그러고는 국수 그릇에 묻은 먼지라도 떼는지 젓가락으로 무언가를 집어서 창밖으로 던졌다.

"……"

구마고로는 상대방이 자신을 전혀 개의치 않는 듯하자 핏대를 세우며 두 눈을 부릅떴지만 무사시는 여전히 젓가락으로 국수 그릇에서 무언가를 집어내고 있었다.

"……?"

문득 무사시의 젓가락 끝을 본 구마고로는 부릅뜬 눈이 더 커지더니 숨도 쉬지 못하고 아연실색했다.

메밀국수 위에 몰려 있는 검은 것은 수많은 파리 떼였다. 무사시의 젓가락이 가면 파리는 도망치지도 못하고 그대로 젓가락에 잡히고 마는 것이었다.

 "……끝이 없구나. 이오리, 이 젓가락을 씻어오너라."

 이오리가 젓가락을 들고 밖으로 나가는 틈에 구마고로는 옆 방으로 도망쳐버렸다.

 한동안 저희들끼리 수군거리던 거간꾼들은 방을 바꾼 듯 장지문 너머에서는 말소리조차 들리지 않았다.

 "이오리, 이젠 조용해졌구나."

 두 사람이 웃으며 국수를 다 먹었을 때쯤 석양도 지고 칼 가는 집의 지붕 위로 가느다란 저녁달이 떠올랐다.

 "이제 슬슬 뭔가 사연이 있어 보이는 앞집의 장인에게 칼을 맡기러 가 볼까?"

 그동안 거칠게 다뤄서 군데군데 날이 상한 검을 들고 무사시가 일어서서 나갔을 때 어둑어둑한 사다리 아래에서 여주인이 한 통의 편지를 내밀었다.

 "손님, 어떤 무사가 편지를 놓고 갔습니다."

4

 '어디서 온 거지?'

 봉투의 뒷면을 보자 '스케助'라는 한 글자만 적혀 있었다.

"이 편지를 누가 가지고 왔소?"

무사시가 묻자 여주인은 편지를 가지고 온 사람은 벌써 돌아
갔다면서 계산대에 앉았다.

무사시는 사다리 중간에 선 채 편지를 뜯었다. '스케'라는 글
자는 오늘 마시장에서 만난 기무라 스케쿠로를 가리킨다는 것
을 바로 알았다.

오늘 아침 만난 것을 주군께 여쭈었더니

만나고 싶은 사내라고 하시며

언제쯤 오느냐고 물으셔서 이렇게 편지를 보냅니다.

"아주머니, 여기 붓을 좀 빌려줄 수 있겠소?"

"이걸로 되겠어요?"

"괜찮소."

무사시는 계산대 옆으로 가서 스케쿠로가 보낸 편지의 뒷면
에 답장을 썼다.

무사 수련생에게 무슨 일이 있겠습니까.

다만 다지마노카미 님께서 결투에 응해주신다면

언제든 찾아뵙겠습니다.

마사나政名

마사나는 무사시가 자기 이름을 적을 때 쓰는 이름이다. 무사시는 그렇게 쓰고 나서 편지를 말아서 봉투에 넣고, 봉투 뒷면에 '야규 님의 가신 스케 님'이라고 수신자를 썼다. 그리고 사다리 아래에서 올려다보며 이오리를 불렀다.

"이오리."

"예."

"심부름을 좀 다녀와야겠다."

"어디로 말입니까?"

"야규 다지마노카미 님 댁이다."

"예."

"어딘지 아느냐?"

"물어보면서 찾아가면 되죠."

"그래, 똑똑하구나."

무사시는 이오리의 머리를 쓰다듬으며 말했다.

"길을 잃지 말고 잘 갔다 오너라."

"예."

이오리는 곧장 짚신을 신었다. 여주인은 두 사람이 나누는 대화를 듣더니 야규 님 댁이라면 누구나 알고 있으니 물어보면서 가도 되지만, 이 큰 길을 나가서 곧장 가다가 니혼日本 다리를 건너 강을 따라 왼쪽으로 가서 고비키초木挽町가 어딘지 물으면 된다고 친절하게 가르쳐주었다.

"예, 예, 알았어요."

이오리는 밖으로 나가는 것이 기뻤다. 더구나 심부름을 가는 곳이 야규 댁이라고 하니 왠지 더 신이 났다.

무사시도 짚신을 신고 밖으로 나왔다. 그리고 이오리가 거간꾼 숙소와 대장간의 네거리 모퉁이에서 왼편으로 꺾어지는 모습을 지켜보았다.

'너무 똑똑해서 걱정이야.'

무사시는 이렇게 생각하면서 여인숙과 대각선으로 마주보고 있는 '혼을 가는 곳'이라는 간판이 나와 있는 가게를 들여다보았다.

가게는 창도 없었고, 물건들도 전혀 보이지 않았다. 안으로 들어가자마자 안쪽 작업장에서 부엌까지 이어지는 것으로 보이는 토방이 나왔다. 오른쪽은 한 단 높게 다다미 여섯 장 정도 크기의 마루가 깔려 있었는데 그곳이 가게인 듯했다. 가게와 안쪽의 경계에는 금줄이 쳐져 있었다.

"실례합니다."

무사시는 토방에 서서 주인을 불렀다. 일부러 안쪽을 향해 말한 것은 아니다. 그곳의 아무것도 걸려 있지 않은 벽 아래에서 튼튼해 보이는 칼 상자에 턱을 괴고 그림 속 장자莊子처럼 졸고 있는 사내가 있었다.

그가 주인인 즈시노 고스케인 듯했다. 마르고 진흙 같은 푸르스름한 얼굴을 봐서는 칼을 가는 장인다운 날카로움은 보이지 않았다. 머리에서 턱까지 얼굴이 무서울 정도로 길었다. 게다가 침을 질질 흘리고 있었는데 언제 깰지 도무지 가늠하기 어려운 모습이었다.

"실례합니다!"

무사시는 목소리를 조금 높여서 다시 한 번 불렀다.

검담

1

그제야 무사시의 목소리가 들렸는지 즈시노 고스케는 100년 동안의 잠에서 이제 막 깨어난 듯 천천히 얼굴을 들었다.

"······?"

누구냐고 묻고 싶은 듯 무사시의 모습을 끔뻑끔뻑 쳐다보던 고스케는 이윽고 자신이 졸고 있는 사이에 손님이 와서 몇 번이나 자신을 깨운 것을 깨달은 듯했다.

"어서 오십시오."

그는 손으로 침을 닦으며 자세를 바로 하더니 물었다.

"무슨 일입니까?"

한없이 태평한 사내였다. 간판에는 '혼을 가는 곳'이라고 큰소리를 쳐놓았지만, 이런 사내에게 무사의 혼을 갈게 한다면 얼마나 무딘 칼이 되고 말지 걱정이 앞서기도 했다.

"이걸."

무사시가 허리에 찬 칼을 내밀며 갈아달라고 하자 고스케가 칼을 받으며 말했다.

"잠시 보겠습니다."

고스케는 막상 칼을 마주하자 야윈 어깨를 치켜세우더니 한 손을 무릎에 놓고 다른 한 손을 뻗어 무사시의 칼을 잡고 공손히 머리를 숙였다. 사람이 왔을 때는 모른 척 숙이지도 않던 고개를 아직 명검인지 둔검鈍劍인지도 모르는 칼 앞에서는 정중히 예의를 갖췄다.

그리고 기름종이를 입에 물더니 칼집에서 칼을 뽑아 들고 조용히 어깨 사이로 칼날을 세우면서 칼자루에서 칼끝까지 살펴보는 그의 눈빛은 뭔가 특별한 물건을 보듯이 형형한 빛을 발하기 시작했다.

철컹! 칼을 칼집에 꽂은 고스케는 아무 말도 않고 또다시 무사시의 얼굴을 쳐다보다가 뒤로 물러나 앉으며 그제야 무사시에게 방석을 권했다.

"올라오시지요."

"그럼."

무사시는 사양하지 않고 올라가 앉았다.

칼을 손질하기 위해 온 것도 맞지만, 무사시는 사실 이 집 간판에 혼아미 문파라고 쓰여 있는 것을 보고 가게의 주인이 교토

출신이 틀림없다고 생각한 것과 동시에 필시 혼아미 가에 속한 장색의 한 문하일 것이라고도 생각해서 그 후 오랫동안 소식이 끊겼던 고에쓰光悅는 무사한지, 또 여러모로 신세를 진 고에쓰의 어머니 묘슈妙秀의 소식도 들을 수 있을지 모른다고 생각해서 이곳을 불쑥 찾아온 것이었다.

하지만 고스케는 애초에 그런 연유를 알 리 없었기 때문에 평소와 다름없이 무뚝뚝하게 대했지만 무사시의 칼을 보고 나서는 태도가 조금 바뀌었다.

"이 칼은 선대로부터 물려받은 것입니까?"

무사시가 딱히 내력이 있는 물건은 아니라고 하자 고스케는 그럼 전쟁터에서 쓴 칼이냐, 아니면 평소에 쓰는 칼이냐고 물었다.

"전장에서 쓴 적은 없소. 단지 지니고 있지 않는 것보다는 나을 거라 생각해서 늘 차고 다니는데 이름도 내력도 없는 싸구려 검입니다."

"흐음……."

고스케는 무사시의 얼굴을 바라보면서 말했다.

"이 검을 어떻게 갈아달라는 말씀입니까?"

"그게 무슨 말인지……."

"벨 수 있게 갈아달라는 말씀인지, 벨 수 없어도 된다는 말씀인지."

"처음엔 이보다 훨씬 더 잘 벨 수 있었소."

그러자 고스케는 자못 놀란 듯한 표정으로 말했다.

"예? 여기서 더 말입니까?"

2

칼은 벨 수 있도록 갈아야 하고, 가장 잘 벨 수 있도록 가는 것이 연마사의 일이 아닌가.

무사시가 의아한 표정으로 그의 얼굴을 바라보자 고스케는 고개를 저으며 말했다.

"저는 이 칼을 갈 수 없습니다. 다른 곳으로 가 보시지요."

그러고는 무사시에게 칼을 돌려주었다.

이상한 사내였다. 왜 갈 수 없다는 것인지, 거절당한 무사시는 불쾌한 낯빛을 숨길 수가 없었다. 무사시가 아무 말이 없자 고스케도 무뚝뚝하게 입을 꾹 다물고 있었다.

그때 문 쪽에서 근처에 사는 사람인 듯한 사내가 가게를 들여다보며 고스케를 불렀다.

"고스케 씨, 댁에 낚싯대가 있으면 좀 빌려주시오. 지금 강 하구에 밀물을 타고 물고기들이 몰려와서 펄떡거리고 있으니 얼마든지 잡을 수 있을 것이오. 물고기 잡으면 나눠드릴 테니 낚싯대가 있으면 좀 빌려주시오."

그러자 고스케는 달리 기분이 상한 일이 있는지 버럭 소리를 질렀다.

"내 집에는 살생을 하는 도구 따윈 없소! 다른 곳에 가서 빌리시오!"

사내는 깜짝 놀라서 그대로 돌아갔고, 고스케는 무사시 앞에서 몹시 못마땅한 표정을 짓고 있었다.

그런데 무사시는 이윽고 이 사내에게서 재미있는 점을 찾아냈다. 그것은 재주나 기지 같은 것이 아니었다. 오래된 도자기에 비유하자면, 그는 기교나 화려함이라고는 없는 투박한 질그릇 같은 사내라고 할 수 있었다. 그러고 보니 고스케는 옆머리가 벗겨지기 시작했고, 쥐가 갉아먹은 듯한 종기 자국에 고약을 붙이고 있는 모습 등이 가마 안에서 상처가 난 도자기처럼 보여서 더욱 그렇게 보이는 듯했다.

무사시는 터져 나오려는 웃음을 표정에는 드러내지 않고 온화한 목소리로 그를 불렀다.

"주인장."

"예."

그는 성의 없이 대답했다.

"이 칼을 왜 갈 수 없다는 것이오? 갈아도 소용이 없는 둔검이기 때문이오?"

"아니오."

고스케는 고개를 저었다.

"칼은 주인인 무사님이 누구보다 잘 알겠지만 품질이 좋기로 유명한 히젠모노肥前物(히젠의 도공刀工 다다요시忠吉 일가 및 그 문하생이 연마한 칼의 총칭)입니다. 허나 사실대로 말하자면 벨 수 있게 갈아달라는 말씀이 마음에 들지 않았소."

"흠. ……이유는?"

"칼을 갈러 오는 사람들은 하나같이 가장 먼저 하는 주문이 벨 수 있도록 해달라는 것이오. 벨 수만 있으면 된다는 생각이지요. 그것이 마음에 들지 않소."

"하지만 기왕에 칼을 갈 바에는……."

고스케는 손으로 무사시의 말을 막으며 말했다.

"잠시 기다리십시오. 그것을 설명하자면 이야기가 길어집니다. 지금 여기서 나가 제 집 문 앞에 있는 간판을 다시 읽어보시지요."

"이미 읽어보았는데 혼을 가는 곳이라고 쓰여 있더군요. 다르게 읽는 방법도 있소?"

"바로 그겁니다. 나는 간판에 칼을 간다고는 적지 않았소. 나는 내가 칼을 가는 법을 배운 종가에서 칼을 가는 것은 무사의 혼을 가는 것이라고 배웠단 말이오."

"그렇군."

"그 가르침을 받은 이래 나는 그저 사람을 벨 수만 있으면 좋은 칼이라고 생각하는 무사의 칼 따윈 갈지 않기로 결심했소."

"흠, 일리가 있는 말이오. 그런데 그런 식으로 제자를 가르친 종가란 대체 어디의 누구요?"

그는 스승의 이름을 말할 때 자랑스러운 듯 굽은 등을 쭉 펴면서 말했다.

"그것도 간판에 쓰여 있는데, 교토의 혼아미 고에쓰 님이 바로 내 스승이오."

3

"고에쓰 님이라면 실은 나도 면식이 있는 사이이고, 모친이신 묘슈 님께도 신세를 진 일이 있소이다."

무사시가 당시의 추억을 몇 가지 이야기하자 고스케는 몹시 놀란 표정으로 물었다.

"그럼, 혹시 무사님이 이치조 사의 사가리마쓰에서 세상에 검명을 떨친 미야모토 무사시 님이십니까?"

"맞소. 내가 무사시요."

그러자 고스케는 마치 귀인이라도 대하듯 자세를 바로 하며 말했다.

"제가 무사시 님인 줄도 모르고 부처님의 설법 같은 말을 주저리주저리 늘어놓았으니…… 부디 용서해주시기 바랍니다."

"아니오. 오히려 내가 많은 것을 배웠소이다. 고에쓰 님이 제자에게 깨우침을 얻었다는 말에서도 고에쓰 님다운 면모가 느껴졌소."

"아시다시피 종가는 무로마치室町 쇼군의 중기 무렵부터 칼을 갈고 연마했는데, 궁궐의 검까지 맡아서 처리해왔지요. 그런데 늘 스승님이 말씀하시기를 일본의 검은 사람을 베고 상하게 하기 위해 만들어진 것이 아니다. 세상을 다스리고 보호하기 위한, 또 악을 물리치고 마魔를 쫓아내기 위한 항마降魔의 검이자 인간의 도리를 닦고, 다른 사람의 위에 선 자가 스스로를 경계하고 삼가기 위해 허리에 차는 무사의 혼이기 때문에 그것을 가는 자 역시 그런 마음을 가지고 갈아야 한다고 말씀하셨습니다."

"과연 지당하신 말씀이오."

"그리고 스승님께서는 좋은 검을 보시면 그 나라를 태평하게 다스리는 빛을 보는 것 같다고 하시고, 나쁜 검을 손에 들면 검을 뽑지 않아도 소름이 끼친다고 싫어하셨습니다."

"허허."

무사시는 짐작 가는 것이라도 있는 듯 물었다.

"그럼, 주인장은 방금 전에 내 검에서 그런 악한 기운을 느꼈단 말이오?"

"아니, 그런 것은 아니지만 제가 에도로 내려와서 많은 무사들에게 칼을 부탁받았는데, 어느 누구도 검의 그런 대의를 알아주는 이가 없었습니다. 그저 사지를 잘랐다느니, 이 검은 투구에서 머리까지 잘랐다느니 하며 베는 것만이 검의 본분이라는 것이었습니다. 그래서 이 일에 염증을 느끼게 되었지만, 다시 마음을 고쳐먹고 며칠 전부터 일부러 간판을 혼을 가는 곳으로 고쳤는데도 여전히 검을 들고 오는 손님들은 그저 벨 수 있게만 해달라고 해서 애를 태우고 있던 참이었습니다."

"그러니까 그 와중에 나까지 그들과 똑같은 말을 하자 거절하신 것이오?"

"무사시 님의 경우는 좀 다릅니다. 실은 아까 허리에 찬 칼을 보여주셨을 때 심하게 상한 칼날과 닦아도 지워지지 않을 핏기에 실례의 말씀입니다만, 그저 살생을 자랑스럽게 여기는 애송이 낭인인 듯해서 기분이 나빴던 것입니다."

무사시는 고에쓰가 고스케의 입을 빌려 말하고 있는 것처럼 고개를 숙인 채 듣고 있다가 말을 꺼냈다.

"무슨 말씀인지는 잘 알겠소. 하지만 너무 심려하지 마시오. 철이 들면서부터 늘 가지고 다니던 검이어서 검의 마음을 특별히 생각해본 적은 없지만, 오늘 이후로 내 필히 명심하도록 하겠소."

고스케는 기분이 완전히 풀린 듯했다.

"그렇다면 갈아드리겠습니다. 아니, 무사시 님과 같은 무사의 혼을 갈아드리는 것은 연마사에게는 큰 영광일 것입니다."

4

어느새 등불이 켜져 있었다. 무사시가 검을 맡기고 돌아가려고 하자 고스케가 말했다.

"실례지만, 다른 검은 지니고 계시는지요?"

무사시는 없다고 대답했다.

"그럼, 그리 좋은 검은 아니지만 그동안만 저희 집에 있는 검을 쓰시지요."

그는 무사시를 안쪽에 있는 방으로 안내했다. 그리고 검을 넣어두는 서랍장과 상자에서 검 몇 자루를 골라 무사시 앞에 늘어놓았다.

"아무거나 마음에 드는 것을 고르십시오."

무사시는 어리둥절해서 무엇을 골라야 할지 몰라 갈팡질팡했다. 애초에 그도 좋은 검을 갖고 싶었지만, 지금까지 가난한 그의 호주머니 사정으로 인해 엄두조차 내지 못했다.

하지만 좋은 검에는 필연적으로 느껴지는 매력이 있다. 무사시가 지금 몇 자루 중에서 손에 잡은 검은 칼집만 잡고도 그것을 만든 장인의 혼이 손에 전해지는 것 같았다.

뽑아서 보니 아니나 다를까 요시노吉野 조정(일본의 남북조南北朝 시대인 1336년에서 1392년간 야마토의 요시노에 있던 조정) 시대에 만들어진 것으로 보이는 아름다운 검이었다. 무사시는 자신의 처지와 기분에 비해 너무 고상한 검이라고 생각했지만, 등잔불에 그것을 비춰 보는 동안 벌써 손에서 검을 떼어놓기가 섭섭한 마음이 들었다.

"그럼 이것을…….'"

무사시가 빌리겠다고 말하지 않은 것은 다시 돌려주고 싶은 마음이 일지 않았기 때문이다. 명공이 만든 명작에는 필히 사람의 마음을 사로잡는 무서운 힘이 담겨 있었다. 무사시는 고스케의 대답을 기다리지도 않고 마음속으로 이미 그것을 어떻게든 자신의 것으로 만들고 싶다고 생각했다.

"과연 안목이 높으십니다."

고스케는 다른 검들을 집어넣으면서 말했다. 그동안에도 무사시는 소유욕에 번민했다. 사려면 엄청난 돈이 들겠지 하고 마음을 정하지 못했지만 도저히 참을 길이 없어서 결국 말을 꺼내고 말았다.

"고스케 님, 이것을 제게 주실 수는 없으신지요?"

"드리겠습니다."

"가격은?"

"제가 구한 원가로도 괜찮으신지요?"

"그게 얼마인지요?"

"금 스무 냥입니다."

"……."

무사시는 자신의 당치도 않은 바람과 덧없는 번민을 후회했다. 그에게 그런 돈이 있을 리가 없었다. 그는 고스케에게 검을 돌려주며 말했다.

"이 검은 돌려드리겠습니다."

"왜 그러십니까?"

고스케는 의아해하며 물었다.

"사지 않아도 기한을 두지 않고 빌려드릴 테니 부디 쓰도록 하십시오."

"아니, 빌리는 것은 마음이 더 불편합니다. 한 번 봤을 뿐인데도 갖고 싶다는 욕망에 사로잡히는데, 가질 수 없는 검이라는 걸 알면서 한동안 몸에 지니고 있다가 다시 돌려드리는 것은 더 괴로운 일일 것입니다."

"그리도 마음에 들면……."

고스케는 검과 무사시를 번갈아보다가 이윽고 결심한 듯 말했다.

"좋습니다. 그렇게까지 마음에 드시는 검이라면 이 검을 무사시 님께 드리겠습니다. 그 대신 무사시 님도 저에게 뭔가 그에 상응하는 것을 주십시오."

무척 기뻤다. 무사시는 사양 않고 일단 받기로 결심했다. 그리고 답례를 무엇으로 할지 생각해보았지만, 무일물無一物의 검객에겐 아무것도 보답할 만한 것이 없었다.

그러자 고스케가 스승인 고에쓰에게서 무사시가 조각을 한다는 말을 들었다며 관음상 같은 것이라도 직접 조각한 것이 있다면 그걸 달라는 것이었다.

"관음상과 교환하는 조건으로 검을 드리겠습니다."

고스케는 무사시의 체면을 살려주기 위해 일부러 그렇게 말했다.

5

손때가 묻은 관음상은 오랫동안 보따리 속에 싸서 갖고 다녔지만 호덴가하라에 놓고 오는 바람에 지금은 그것조차 없다.

그래서 무사시가 며칠 말미를 주면 별도로 관음상을 조각해서라도 검을 가지고 싶다고 하자 고스케는 당연하다는 듯 말했다.

"애초에 당장 받을 생각도 없었습니다."

그리고 생각지도 못한 친절까지 베풀었다.

"거간꾼 숙소에서 묵으실 바에야 제 작업장 옆에 있는 2층 방이 비어 있으니 그리로 옮기시는 게 어떻겠습니까?"

무사시가 그럼 내일부터 그 방을 빌려 관음상을 조각하겠다고 하자 고스케는 기뻐하며 말했다.

"그럼, 일단 그 방부터 보시지요."

고스케가 안쪽으로 안내했다. 무사시는 고스케를 따라갔는데, 원래부터 그리 넓은 집은 아니었다. 거실 마루에서 사다리를 대여섯 단 올라가자 다다미 여덟 장 크기의 방 하나가 나왔고, 창문 옆의 은행나무 우듬지에는 어린 나뭇잎이 밤이슬을 머금고 있었다.

"저기가 제가 칼을 가는 작업장입니다."

고스케가 가리키는 작업장 지붕은 굴 껍질로 덮여 있었다. 언제 일러두었는지 고스케의 아내가 그곳으로 술상을 들고 와서 부부가 함께 무사시에게 술을 권했다.

"한 잔 드시지요."

술잔이 돌고 난 뒤로는 손님도 주인도 없었다. 편한 자세로 앉아 서로 흉금을 터놓고 이야기를 나눴는데, 역시 화제는 검에 대한 얘기뿐이었다.

고스케는 검에 대해 이야기를 할 때면 다른 사람은 안중에도 없었다. 푸르스름한 뺨은 소년처럼 붉어졌고, 말할 때마다 입가에 고인 침이 상대에게 튀어도 전혀 개의치 않았다.

"검은 우리나라의 신기神器이며 무사의 혼이라고 다들 말하지만, 무사건 장사치건 신관이건 모두 검을 너무 소홀히 대합니다. 저는 뜻한 바가 있어서 몇 년간 여러 지방의 신사나 구가舊家 등으로 고검古劍 중에서 쓸 만한 검을 찾아다닌 적이 있는데, 고래로 유명한 검 중에 만족할 만큼 잘 보존되어 있는 것이 너무 적어서 안타까웠습니다. 가령 신슈信州의 스와 신사에는 오래전부터 300자루가 넘는 검이 봉납되어 있었는데 그중에서 녹슬지 않은 것은 다섯 자루도 되지 않았습니다. 또 이요伊予의 오미시마大三島 신사는 검을 보관하는 도장刀藏으로 유명한데, 몇백 년 동안 소장하고 있는 검이 3,000자루가 넘었지만, 제가 한 달 동안 틀어박혀서 조사해본 바에 따르면 3,000자루 중에 빛을 발하고 있는 검은 열 자루도 되지 않아서 실로 어이가 없었습니다."

그러고 나서 고스케는 이런 말도 했다.

"대대로 내려오는 검이라느니 비장의 명검이라느니 따위의 말을 듣는 검일수록 그저 허울뿐이고, 녹슬고 무뎌진 칼이 대부분인 듯합니다. 자식을 너무 사랑한 나머지 그만 백치로 키우고만 부모와 같다고나 할까요. 아니, 인간의 자식은 나중에라도 훌륭한 아이가 태어날 수 있지만 검은 그렇지 않습니다."

고스케는 입가의 침을 한 번 삼키더니 눈을 반짝이면서 야윈 어깨를 더욱 곧추세우고 말을 이었다.

"검은, 검만은 말이죠. 어찌 된 일인지 세월이 흐를수록 나빠

집니다. 무로마치 시대에서 센고쿠 시대가 된 이후로는 대장장이들의 실력이 형편없어졌습니다. 앞으로도 더 나빠지지 않을까 하는 생각이고…… 고검은 소중히 지켜나가지 않으면 안 됩니다. 지금의 대장장이가 제 아무리 흉내를 내본들 이젠 두 번다시 명검을 만들 수 없다는 것은 실로 안타깝고 분한 일이 아닙니까?"

고스케는 무슨 생각이 났는지 벌떡 일어섰다.

"이것 역시 갈아달라고 의뢰를 받은 명검 중 하나인데 보십시오, 안타깝게도 녹이 슬어 있습니다."

고스케는 매우 긴 칼을 한 자루 가지고 와서 무사시 앞에 내놓았다. 무사시는 그 장검을 무심코 바라보다 깜짝 놀랐다. 그것은 사사키 고지로의 모노호시자오物干竿가 분명했다.

6

생각해보니 이상할 것도 없었다. 이곳은 칼을 가는 집이니 누구의 칼이 맡겨져 있다 해도 이상한 일이 아니었다. 그러나 사사키 고지로의 칼을 여기서 보게 되리라고는 생각지도 못했던 무사시는 지난 일을 떠올리며 말했다.

"허, 상당히 긴 칼이군요. 이 정도의 칼을 쓰는 사람은 실력이

상당한 무사일 듯하군요."

무사시가 그렇게 말하자 고스케도 동의했다.

"그렇겠지요. 다년간 칼을 보아왔지만 이런 칼은 흔치 않습니다. 그런데……."

고스케는 모노호시자오를 칼집에서 빼 칼등을 무사시에게 향한 채 칼자루를 넘겨주면서 말했다.

"보십시오. 안타깝게도 서너 군데나 녹이 슬었습니다. 하지만 이 상태로 꽤 사용한 듯합니다."

"과연."

"다행히 이 칼은 가마쿠라 시대 이전의 명공이 만든 칼이어서 고생이야 되겠지만 녹을 벗겨낼 수는 있을 것입니다. 고검은 녹이 슬어도 얇은 막에 지나지 않으니 말입니다. 그러나 요즘 새로 만든 칼은 이 정도로 녹이 슬면 더 이상 쓸 수 없습니다. 새 칼의 녹은 마치 질 나쁜 종기처럼 쇠의 중심으로 파고듭니다. 이것만 봐도 고검과 신검을 만든 도장의 실력은 비교할 것이 못 됩니다."

"받으시지요."

무사시 역시 칼날을 자기 쪽으로 돌리고 칼등을 고스케 쪽으로 향해서 칼을 돌려주었다.

"실례지만, 이 칼의 주인이 직접 이곳에 왔는지요?"

"아니요. 호소카와 가에 볼일이 있어서 찾아갔을 때 그곳의 가신인 이와마 가쿠베에 님이 돌아갈 때 자기 집에 들르라고 해서 갔더니 손님 것이라며 제게 맡기셨습니다."

"만듦새가 좋군요."

무사시가 등불 아래에서 찬찬히 살피면서 중얼거리자 고스케도 그것을 보면서 중얼거리듯 말했다.

"장검이라 지금까지는 어깨에 메고 다녔는데 허리에 찰 수 있도록 만들어달라는 주문이었습니다. 그런데 웬만큼 큰 사람이거나 실력에 자신이 없으면 이런 장검을 허리에 차고 다루기는 힘들 것입니다."

술기운도 돌고, 고스케의 혀도 지친 듯했다. 무사시는 이쯤에서 일어서야겠다는 생각이 들어 인사를 하고 밖으로 나왔다.

밖으로 나오자 거리는 칠흑같이 어두웠다. 시간이 얼마 지나지 않은 것 같은데 의외로 오랫동안 앉아 있었나 보다. 밤이 꽤나 깊은 듯했다.

그러나 여인숙은 바로 맞은편이어서 가는 데 아무런 어려움이 없었다. 열려 있는 문으로 들어가 시커먼 어둠을 더듬으며 2층으로 올라갔다. 그리고 이오리의 잠들어 있는 얼굴을 바로 볼 줄 알았는데, 잠자리만 두 개 펴져 있을 뿐 이오리의 모습은 보이지 않고 아직 사람의 온기가 닿았던 흔적도 없었다.

"아직 돌아오지 않은 건가?"

무사시는 갑자기 걱정이 되었다. 낯선 에도 거리를 헤매고 있을지도 모른다. 무사시는 사다리를 내려가 엎드려 자고 있는 불침번 사내를 흔들어 깨워서 물어보았다.

"아직 돌아오지 않은 모양인데, 무사님과 같이 있지 않았습니까?"

그는 잠이 덜 깬 몽롱한 얼굴로 오히려 무사시가 모르는 것이 이상하다는 듯 말했다.

"흐음."

그대로는 잠을 잘 수 없었던 무사시는 다시 캄캄한 밖으로 나와서 처마 아래에 서 있었다.

심부름

1

"여기가 고비키초라고?"

이오리는 의심이 들었다.

'이런 곳에 다이묘의 집이 있을 리가 없잖아?'

그리고 길을 가르쳐준 사람에게 화를 내며 혼자 생각했다.

그는 강기슭에 쌓여 있는 목재에 걸터앉아서 화끈거리는 발바닥을 풀로 문질렀다. 목재 뗏목은 강물이 보이지 않을 정도로 떠 있었다. 그곳에서 2, 3정町(1정은 약 109미터)쯤 떨어진 곳이 바다였는데, 그 외에는 까마득한 초원과 근래에 새로 메운 넓은 땅밖에는 보이지 않았다. 여기저기서 깜빡깜빡 불빛이 보였지만, 가까이 가서 보면 그것들은 모두 목재를 나르는 인부와 석공들이 잠을 자는 움막이었다.

물과 가까운 곳에는 목재와 돌이 산더미처럼 쌓여 있었다. 생각해보면 에도 성은 한창 개축 중이었고, 시가지에도 계속 집들을 짓고 있었기 때문에 인부들의 움막이 모여 있는 것은 당연한 일이었다. 그러나 야규 다지마노카미 같은 인물의 저택이 인부들의 움막이 모여 있는 이런 곳에 있을 리가 없다는 것은 어린 이오리의 상식으로도 충분히 생각할 수 있는 것이었다.

"난감하네."

풀은 밤이슬에 젖어 있었다. 나무판자처럼 딱딱해진 짚신을 벗고 화끈거리는 발로 풀을 갖고 놀다 보니 그 냉기에 온몸의 땀도 식었다.

밤은 이슥해지고 찾는 집도 어딘지 몰라서 이오리는 돌아가려 해도 돌아갈 수 없었다. 심부름을 와서 제대로 완수하지 못하고 돌아가는 것은 어린 마음에도 부끄럽게 여겨졌다.

"여인숙 아줌마가 대충 가르쳐줘서 이렇게 된 거야."

이오리는 자신이 사카이초堺町의 극장가에서 실컷 한눈을 팔며 놀다가 늦어진 것은 까맣게 잊고 있었다.

이제 물어볼 사람도 없었다. 이대로 날이 새는 건 아닌가 생각하자 이오리는 갑자기 서글퍼졌다. 그리고 움막에서 자고 있는 사람이라도 깨워서 날이 새기 전에 심부름을 완수하고 돌아가야겠다는 책임감에 쫓기기 시작했다.

이오리는 땅을 파고 지은 움막의 불빛에 의존해서 다시 걷기 시작했다.

줄풀 하나를 마치 종이우산처럼 어깨에 두르고 움막들을 기웃거리며 다니는 여자가 보였다. 콧소리로 움막 안의 사내들을 불러내려다가 이내 실망해서 방황하는 매춘부였다.

　이오리는 그런 종류의 여자들이 무슨 목적으로 서성이고 있는지 알지 못했기 때문에 친근한 목소리로 그녀를 불렀다.

　"아줌마."

　회벽처럼 하얀 얼굴을 한 여자는 이오리를 돌아보더니 근처 술집에서 심부름을 하는 아이로 착각했는지 눈을 흘기며 쏘아붙였다.

　"너지? 아까 돌을 던지고 달아난 게."

　이오리는 잠시 놀라는 듯했지만 이내 고개를 저으며 말했다.

　"몰라요, 난. ……난 이 근처 사람이 아니에요."

　"……."

　여자는 이오리에게 다가오더니 갑자기 까르르 웃음을 터뜨렸다.

　"뭐니? 무슨 볼일이라도 있니?"

　"저기……."

　"너 참 귀엽다."

　"제가 심부름을 왔는데 집을 찾을 수 없어서 큰일이에요. 아줌마는 몰라요?"

　"누구 집인데?"

"야규 다지마노카미 님 댁이요."

"뭐라고?"

여자는 뭐가 우스운지 천박하게 웃어댔다.

2

"야규 님은 다이묘란다."

그녀는 그렇게 신분이 높은 분의 집에 심부름을 간다는 이오리의 볼품없는 행색을 보고는 다시 웃었다.

"너 같은 애가 가 봐야 문이나 열어주겠니? 그분은 쇼군 가문의 사범이셔. 그런데 그 댁에 아는 사람이라도 있는 거니?"

"편지를 전하러 가는 거예요."

"누구한테?"

"기무라 스케쿠로라는 사람한테요."

"그럼, 가신이겠구나? 그렇다면 몰라도 네가 야규 님을 아는 것처럼 말하니 우스워서……"

"아무래도 상관없으니 집이나 가르쳐줘요."

"강 건너편이다. 저 다리를 건너면 기이紀伊 님의 저택이 있고, 그 옆이 교고쿠京極 슈젠主膳(궁궐에서 식품 조달과 관리, 회식 등을 관장하는 직책) 님, 그 다음이 가토 기스케加藤喜介 님, 그리고 마쓰다이라 스오노카미松平周防守 님……."

그녀는 강 건너편으로 보이는 창고며 울타리로 둘러싸인 집 등을 가리키며 말했다.

"분명 그 다음쯤일 거야."

"그럼, 건너편도 고비키초예요?"

"응."

"제기랄."

"길을 알려줬는데도 제기랄이 뭐니? 그치만 넌 귀여우니까 내가 야규 님 댁까지 데려다 줄 테니 따라와."

그녀는 앞장서서 걸어갔다. 우산을 쓴 귀신처럼 줄풀을 뒤집어쓰고 있는 그녀가 다리 중간쯤 갔을 때 술 냄새를 풍기며 그녀 옆을 지나가던 남자가 그녀의 옷소매를 슬쩍 건드렸다. 그러자 그녀는 같이 가던 이오리는 버려두고 남자의 뒤를 쫓아갔다.

"어머, 저 모르세요? 안 돼요, 누가 그냥 보내줄 것 같아요?"

그녀가 남자를 붙잡고 다리 아래로 끌고 가려고 하자 남자가 뿌리치며 말했다.

"이거 놔."

"싫어요."

"돈이 없어."

"없어도 돼요."

그녀는 남자에게 딱 달라붙은 채 어이가 없는 표정으로 서 있는 이오리를 보며 말했다.

"어딘진 알지? 난 이분과 볼일이 있으니 너 먼저 가."

하지만 이오리는 여전히 황당한 표정을 지으며 어른인 남자와 여자가 정색을 하고 싸우고 있는 모습을 바라보고 있었다.

그러는 사이에 여자가 힘이 센 건지 아니면 남자가 일부러 끌려가는 건지 두 사람은 다리 아래로 함께 내려갔다.

"……?"

이오리는 이상하게 생각하며 다리 난간에서 아래쪽을 내려다보았다. 얕은 모래밭에는 잡초가 우거져 있었다.

그때 무심코 다리 위를 올려다보던 여자가 이오리가 훔쳐보고 있는 것을 보고는 화를 내며 소리쳤다.

"저리 가! 이 엉큼한 녀석!"

그러고는 강변의 돌을 집어서 이오리에게 던졌다.

이오리는 깜짝 놀라서 다리 저편으로 도망쳤다. 들판의 외딴집에서 자란 그였지만 방금 여자의 하얀 얼굴처럼 무서운 것을 본 적이 없었다.

3

강을 등지고 창고가 있고, 담장이 있었다. 그리고 다시 창고와

담장이 이어졌다.

"아, 여기다."

이오리는 무의식중에 그렇게 소리쳤다. 밤인데도 강으로 난 창고의 하얀 벽에 두 겹으로 된 삿갓 문장이 선명하게 보였기 때문이다. '야규 님은 두 겹 삿갓'이라는 유행가가 퍼뜩 떠올랐던 것이다.

창고 옆에 있는 검은 대문은 야규의 집이 틀림없었다. 이오리는 그곳에 서서 닫혀 있는 대문을 쾅쾅 두드렸다.

"누구냐?"

문 안에서 꾸짖는 듯한 소리가 들렸다. 이오리도 목청껏 소리쳤다.

"저는 미야모토 무사시 님의 제자입니다. 편지를 가지고 왔습니다."

그 이후로도 문지기는 두세 마디 더 뭐라고 궁시렁거렸지만 아이의 목소리에 의아해하면서 이윽고 대문을 빠끔히 열고 물었다.

"이 늦은 시간에 무슨 일이냐?"

이오리는 무사시의 답장을 문지기의 얼굴 앞에 내밀었다.

"이것을 전해주십시오. 답신이 있으면 받아서 가고, 없으면 이대로 돌아가겠습니다."

문지기가 편지를 보더니 말했다.

"응? 얘, 꼬마야. 이건 기무라 스케쿠로 님께 가지고 온 편지가 아니냐?"

"예, 맞아요."

"기무라 님은 여기에 안 계신다."

"그럼, 어디 계시는데요?"

"히가쿠보日ヶ窪에 계셔."

"에이, 다들 고비키초라고 가르쳐주었는데."

"사람들은 종종 그렇게 말하는데, 여긴 기무라 님이 살고 계시는 거처가 아니다. 이곳엔 창고 부지와 공사를 돕기 위해 지은 목재 창고밖에 없어."

"그럼, 야규 님과 다른 가신 분들도 히가쿠보에 계십니까?"

"그래."

"히가쿠보가 여기서 먼가요?"

"꽤 멀지."

"어딘데요?"

"에도 외곽에 있는 산이다."

"산이요?"

"아자부麻布 마을이야."

"모르는 곳이에요."

이오리는 한숨을 쉬었다. 하지만 그의 책임감은 그를 이대로 돌아가게 내버려두지 않았다.

"아저씨, 그 히가쿠보로 가는 길을 약도로 좀 그려주실 수 있나요?"

"바보 같은 소리 하지 말거라. 지금부터 아자부 마을까지 가려면 밤을 새워야 해."

"상관없어요."

"그만둬라. 아자부는 여우도 자주 출몰하는 곳이다. 여우에게 홀리기라도 하면 어쩌려고? 그건 그렇고 넌 기무라 님을 알긴 하는 거냐?"

"제 스승님이 알아요."

"어차피 밤이 이렇게 깊었으니 쌀 창고에서 자고 내일 아침에 가면 어떻겠니?"

이오리가 손톱을 깨물며 고민하고 있는데 창고지기로 보이는 사내가 와서 자초지종을 듣더니 이오리에게 말했다.

"이 시간에 어린애 혼자서 아자부 마을까지 갈 수 있겠느냐? 도중에 강도도 많은데……. 그래도 거간꾼 거리에서 혼자 여기까지 용케 왔구나."

두 사람은 날이 샐 때까지 기다리라며 쌀 창고 한 구석에 이오리가 잘 수 있도록 자리를 마련해주었다. 그러나 이오리는 쌀이 너무 많이 쌓여 있어서 마치 가난한 집 아이가 황금더미 속에서 잠을 자는 것 같은 기분이 들어 꾸벅꾸벅 졸다가도 가위에 눌려 쉽게 잠을 이룰 수 없었다.

한번 잠이 들면 세상모르고 곯아떨어지는 것을 보면 이오리도 어쩔 수 없는 아이인가 보다. 게다가 창고지기도 문지기도 쌀창고 안에서 완전히 잠이 든 이오리를 잊고 깨우지 않아서 이오리는 점심때가 지나서야 눈을 떴다.

"엉?"

잠에서 깨자마자 이오리는 정신이 번쩍 들었다.

"큰일 났다!"

무사시에게 임무로 받은 심부름을 떠올린 이오리는 허겁지겁 눈을 비비면서 짚단 속에서 뛰쳐나왔다. 햇빛 아래로 나오자 눈이 부셔서 어질어질했다. 어젯밤의 그 문지기는 방에서 점심 도시락을 먹고 있었다.

"꼬마야, 이제 일어났느냐?"

"아저씨, 히가쿠보로 가는 약도 좀 그려주세요."

"늦잠을 자서 당황했구나. 배는 안 고프냐?"

"배가 고파서 눈이 핑핑 돌 정도예요."

"하하하하. 여기에 우리가 먹고 남은 도시락이 하나 있으니 먹고 가거라."

이오리가 밥을 먹는 사이에 문지기는 아자부 마을로 가는 길과 야규 가가 있는 히가쿠보의 지형을 그림으로 그려주었다. 이오리는 그것을 들고 서둘러 길을 떠났다.

심부름이 중요하다는 생각은 머릿속을 가득 채우고 있었지만, 어젯밤에 돌아가지 않아서 무사시가 걱정하고 있을 것이라는 생각은 전혀 하지 못했다.

문지기가 그려준 대로 번화가를 지나 마을을 관통하는 길을 가로지르자 이윽고 에도 성 아래에 이르렀다.

이 근처는 여기저기에 수없이 해자가 파헤쳐져 있었고, 흙으로 메운 곳에는 무사의 집이며 다이묘의 저택이 세워져 있었다. 그리고 해자에는 돌과 목재를 실은 배가 수없이 떠 있었고, 멀리 보이는 성의 돌담과 흙을 쌓아놓은 언덕에는 나팔꽃이 타고 오르도록 세워놓은 대나무처럼 통나무 발판들이 만들어져 있었다.

히비야日比谷 들판에는 끌과 손도끼 소리가 새로운 막부의 위세를 만천하에 알리고 있었다. 이오리에게는 보이고 들리는 것 모두가 생소한 것들뿐이었다.

손으로 꺾을까.
무사시노武蔵野 들판에는
용담꽃, 도라지꽃
각양각색의 꽃이
헤맬 정도로 많지만

그 소녀를 생각하면

꺾을 수 없는 꽃이여.

그저 이슬에

소매만 흠뻑 젖는구나.

이오리는 돌을 나르는 인부들의 흥겨워 보이는 노랫소리와 나무 부스러기를 튀기며 끌과 손도끼로 작업하고 있는 인부들의 모습에 정신이 팔려 저도 모르게 걸음을 멈췄다.

새로 돌담을 쌓고 건물을 세우며 무에서 유를 창조하고 있었다. 이러한 분위기는 소년의 영혼과 딱 일치되어서 가슴을 뛰게 하고 상상력에 날개를 달아주었다.

"아, 나도 빨리 어른이 되어서 내 성을 짓고 싶다."

이오리는 공사장을 감독하며 돌아다니는 무사들을 황홀하게 바라보고 있었다. 그러는 사이에 해자의 물은 붉은색으로 물들었고, 저녁 까마귀의 울음소리가 귓가에 들려왔다.

"아, 벌써 해가 지고 있구나."

이오리는 다시 걸음을 재촉했다. 잠이 깬 건 점심때가 지나서였다. 이오리는 오늘 하루의 시간을 착각하고 있었다. 정신을 차리고 그는 약도에 의지해서 허둥지둥 길을 재촉하여 이윽고 아자부 마을의 산길로 접어들었다.

나무들이 빽빽하게 들어찬 어둑어둑한 언덕길을 올라가자 산
위에는 아직 석양이 비치고 있었다. 에도의 아자부 산 정상에 이
르자 멀리 저편의 골짜기 아래로 논과 밭, 농가의 지붕이 드문
드문 보였다.

먼 옛날 이 부근은 아사오우麻生う(일본의 성씨, 오늘날의 아소)
마을, 또는 아사후루 산麻布留山이라 불릴 정도로 삼〔麻〕의 주산
지였다고 한다. 덴교天慶(938~947, 일본의 연호 중 하나) 시절 다
이라노 마사카도平將門가 간핫슈関八州에서 난을 일으켰을 무
렵에는 미나모토 쓰네모토源経基가 이곳에서 그들과 대치한 적
이 있었다. 또 그로부터 80년 후인 조겐長元 시절에는 다이라노
다다쓰네平忠恒가 반란을 일으키자 어검御劍을 하사받은 미나
모토 요리노부源頼信가 세이이타이쇼군征夷大將軍이 되어 토벌
의 깃발을 들고 이곳 아사오우 산에 진을 친 후 여덟 주의 군사를
불러 모았다는 이야기도 전해지고 있다.

"아, 힘들다."

산을 단숨에 뛰어올라온 이오리는 이렇게 중얼거리면서 잔
디의 물결이며 시부야渋谷, 아오야마青山의 산들, 이마이今井,
이구라飯倉, 미타三田, 그리고 근방의 마을들을 멍하니 둘러보
았다.

그의 머릿속에는 역사적인 지식이란 것이 아무것도 없었지만, 천 년이나 살아온 듯한 나무며 골짜기를 흘러가는 물, 주위의 산과 계곡의 풍광은 먼 아사오우 시절, 다이라 씨와 미나모토 씨의 용감무쌍한 무사 후예들이 살다 간, 무가武家의 발상지였던 당대의 풍모를 느끼게 하는 무언가가 남아 있었다.

둥.

둥둥둥.

"응?"

어디선가 북소리가 들렸다. 이오리는 산 아래를 내려다보았다. 울창한 나무들 사이로 신사 지붕의 기둥이 보였다. 그것은 방금 올라오면서 본 이구라의 대신궁이었다.

이 부근에는 궁궐에 헌상하는 쌀을 재배하는 어전御田이라는 이름이 남아 있었다. 그리고 이세伊勢 대신궁 수라간의 토지이기도 했다. 이구라라는 지명도 거기에서 온 듯하다.

대신궁 님이란, 누구의 제사를 지내는 것인지는 이오리도 잘 알고 있었다. 무사시에게 공부를 배우기 전부터 그것만은 알고 있었다. 그래서 요즘 에도 사람들이 갑자기 '도쿠가와 님, 도쿠가와 님' 하고 떠받들며 칭송하는 말을 들으면 이오리는 이상한 기분이 들었다.

지금도 방금 전 에도 성의 대규모 개축 공사를 바라보며 다이묘 골목의 금빛 찬란한 문과 외관을 봤던 눈으로 이곳의 어두컴

컴한 언덕 아래에 있는, 근처 농가의 지붕과 별반 다를 바 없는, 신궁의 모습을 보자 더욱 이상한 기분이 들었다.

'도쿠가와가 더 위대한 걸까?'

이오리는 그렇게 단순하게 의심했다.

'그래, 나중에 스승님께 물어보자.'

그는 스스로 자신의 의심을 머릿속에서 정리했지만, 정작 중요한 야규 가에 어떻게 가야하는지는 아직 확실한 것이 아무것도 없었다. 그래서 그는 다시 품속에서 문지기가 그려준 약도를 꺼내서 보다 고개를 갸웃거렸다.

'어?'

웬일인지 자신이 서 있는 위치와 그림이 전혀 맞지 않았다. 약도를 보면 길을 알 수 없고, 길을 보면 약도가 맞지 않았다.

'이상한데?'

햇볕이 잘 드는 장지문 안에 있는 것처럼 주위는 해가 질수록 오히려 밝아지는 느낌이었다. 게다가 어렴풋이 저녁 안개가 깔리기 시작해서 아무리 눈을 비벼도 무지개 같은 빛이 눈앞을 가로막는 것이었다.

"앗! 이놈이!"

무엇을 발견했는지, 이오리가 느닷없이 펄쩍 뛰어오르며 등 뒤의 풀숲을 향해 늘 차고 있던 짧은 칼을 뽑아 내려쳤다.

"깽!"

여우가 비명을 지르며 뛰어올랐다. 무지갯빛 저녁 안개 속에서 풀과 피가 춤을 추었다.

6

마른 참억새처럼 털이 빛나는 여우였다. 이오리의 칼에 꼬리인지 다리인지를 베인 여우는 새된 비명을 지르며 쏜살같이 도망쳤다.

"이놈!"

이오리는 칼을 쥔 채 놓치지 않겠다며 쫓아갔다. 여우도 빠르고 이오리도 빨랐다. 부상을 당한 여우는 약간 절뚝거렸는데, 이따금 앞으로 고꾸라질 듯해서 잡았구나 하고 다가가면 갑자기 신통력이라도 생긴 듯 훌쩍 앞으로 뛰어가 버렸다.

들에서 자란 이오리는 어머니의 품에 안겨 있을 때부터 여우는 사람을 홀린다는 말을 많이 들었다. 멧돼지 새끼나 토끼나 날다람쥐는 좋아했지만 여우만은 밉고 무서웠다.

그래서 지금 풀숲에서 자고 있던 여우를 발견하자 그는 순간 자신이 길을 잃은 것이 우연이 아니라는 생각이 들었다. 여우에게 홀렸기 때문이라고 생각한 것이다. 아니, 이미 어젯밤부터 저 여우가 자신의 뒤를 따라다닌 것이 틀림없다는 생각조차 들었다.

기분 나쁜 놈.

죽여버리지 않으면 뭔가 탈이 날 거야.

그렇게 생각하며 이오리는 여우를 계속 쫓아갔지만, 여우는 잡목이 우거진 벼랑 아래로 홀연히 뛰어들었다.

하지만 이오리는 교활하고 영악한 여우이니까 사람의 눈엔 그렇게 보이게 가장하고 실은 자기 뒤에 숨어 있는 것이 아닌가 하고 근처의 수풀을 발로 휘저으며 찾았다.

풀잎에는 저녁이슬이 맺혀 있었다. 팥찰밥이라 부르는 풀에도, 닭의장풀의 꽃잎에도 이슬이 맺혀 있었다. 목이 너무 말라서 참을 수 없었던 이오리는 털썩 주저앉아서 박하풀에 맺힌 이슬을 핥았다.

그러고 나서 그는 어깨를 들썩이며 숨을 쉬었다. 땀은 폭포수처럼 쏟아졌고, 심장이 쿵쾅쿵쾅 뛰었다.

"대체 이놈이 어디로 간 거지?"

여우에게 상처를 입힌 것이 왠지 불안했다.

"분명 어떤 식으로든 복수하러 올 것이 틀림없어."

이오리는 각오를 할 수밖에 없었다. 그런데 마음이 다소 진정되자 귓가에 요사스러운 소리가 들렸다.

"……?"

이오리는 주위를 두리번거렸다. 여우에게 홀리지 않으려고 마음을 다잡았다. 요사스런 소리가 점점 다가왔다. 그것은 피리 소리와 비슷했다.

"왔구나……."

이오리는 눈썹에 침을 바르면서 조심조심 일어섰다. 앞을 바라보자 저녁 안개 속에서 여자가 다가오고 있었다. 여자는 얇은 장옷을 뒤집어쓰고 자개 안장을 얹은 말에 옆으로 올라앉아 말고삐를 잡고 있었다. 말은 마치 여자가 부는 피리 소리를 알아듣는 것처럼 느릿느릿 걸어오고 있었다.

'둔갑했구나.'

이오리는 그렇게 생각했다.

뉘엿뉘엿 지는 해를 등지고 말 위에서 피리를 불며 오는 장옷을 뒤집어쓴 여자는 정말이지 이 세상 사람이라고는 생각할 수 없을 정도로 아름다웠다.

7

이오리는 풀숲으로 들어가 청개구리처럼 몸을 웅크리고 앉았다. 그곳은 마침 남쪽 골짜기로 내려가는 언덕길의 모퉁이였다. 여자가 만약 말을 탄 채 여기까지 오면 불시에 달려들어서 여우의 정체를 밝혀주겠다고 벼르고 있었다.

새빨간 태양이 시부야 산 너머로 지기 시작하자 붉은 테두리를 두른 저녁 구름이 하늘을 뒤덮기 시작했다. 땅 위에는 벌써 어둠이 깔리고 있었다.

"오쓰 님?"

어디선가 갑자기 그런 목소리가 들린 듯했다.

'오쓰 님?'

이오리는 입 속에서 흉내를 내보았다. 한번 의심이 들기 시작하자 그 목소리도 어쩐지 사람의 목소리 같지 않았다.

'다른 놈이 더 있군.'

여우의 동료가 여우를 부르는 소리가 분명하다고 생각한 이오리는 여우가 다가오는 말 위의 여자로 둔갑한 것이라고 믿어 의심치 않았다.

풀숲에서 지켜보고 있는데 말을 탄 여자는 이미 언덕 모퉁이까지 와 있었다. 근처에 나무가 별로 없었기 때문에 말을 탄 여자의 모습은 땅 위에 깔린 어둠에 묻혀 상반신만 둥둥 허공에 떠 있는 것 같았다.

이오리는 풀숲 속에서 칼을 단단히 쥐고 달려들 준비를 했다.

'내가 숨어 있는 걸 모르는구나.'

이오리는 여자가 열 걸음 정도 지나 남쪽 언덕길로 접어들면 뛰어나가서 말의 엉덩이를 칼로 내려치려고 생각했다. 여우라는 놈은 대개 둔갑한 형상에서 몇 척인가 뒤에 몸을 숨기고 있다는, 어렸을 때부터 들어온 이야기를 떠올렸던 것이다.

그때 말을 탄 여자가 언덕의 초입 직전까지 오더니 갑자기 말을 세웠다. 그리고 불고 있던 피리를 주머니에 넣어서 허리끈 사이에 끼우더니 머리에 쓰고 있던 장옷의 한쪽 끝을 살짝 젖혔다.

"⋯⋯?"

여자는 말 위에서 무언가를 찾는 듯한 눈빛으로 주위를 둘러보았다.

"오쓰 님?"

또다시 어디에선가 똑같은 목소리가 들리자 여자는 하얀 얼굴에 싱긋 미소를 지었다.

"아, 효고兵庫 님."

여자는 작은 목소리로 외쳤다.

그러자 남쪽 골짜기에서 한 무사가 언덕길을 올라왔다.

"어?"

이오리는 그만 아연실색하고 말았다.

그 무사가 정말로 다리를 절고 있는 것이 아닌가. 아까 자신의 칼을 맞고 도망친 여우도 다리를 절뚝거렸다. 이오리는 바로 저무사가 자신의 칼을 맞고 도망친 여우가 틀림없다고 생각했다.

'정말 감쪽같이 둔갑을 했구나.'

이오리는 혀를 내두르면서 몸을 부르르 떨었다. 그리고 자신도 모르게 오줌을 찔끔 지리고 말았다.

그 사이에 말 위의 여자와 절름발이 무사는 무슨 말인가를 주고받더니 이윽고 무사가 말고삐를 잡고 이오리가 숨어 있는 풀숲 앞을 지나갔다.

'지금이다!'

이오리는 그렇게 생각했지만 몸이 움직이지 않았다. 뿐만 아니라 그 미세한 기척을 바로 느꼈는지 말 옆에 있던 젊은 무사가 풀숲 쪽을 돌아보더니 이오리의 눈을 잠시 노려보다 지나갔다. 그의 눈빛은 산자락에 걸린 붉은 태양보다 훨씬 더 강렬하고 날카로웠다.

이오리는 자신도 모르게 풀숲 속으로 몸을 납작 엎드렸다. 태어나서 지금까지 이렇게 무서웠던 적은 처음이었다. 자신의 위치가 발각될 염려가 없었다면 우왕 하고 목 놓아 울었을지도 모른다.

식객

1

언덕은 가팔랐다. 효고는 몸을 뒤로 젖힌 채 말고삐를 잡고 말을 끌면서 안장 위를 올려다보며 말했다.

"오쓰 님, 늦으셨네요. 참배하러 가서는 너무 늦는 데다 날도 저물어서 숙부님이 걱정하시기에 마중을 나온 것인데, 어디 들렀다 오시는 길입니까?"

"아……."

오쓰는 말 등에서 몸을 앞으로 숙이며 질문에는 대답하지 않고 다른 말을 했다.

"죄송합니다."

오쓰가 그렇게 말하고 말에서 내리자 효고가 발길을 멈추고 돌아보며 물었다.

"타고 가도 되는데 왜 내리십니까?"

"효고 님께서 손수 고삐를 잡고 가시는데 여자인 제가 감히 어떻게……."

"여전히 겸손하시군요. 그렇다고 여자에게 고삐를 잡게 하고 제가 타고 가는 것도 이상하지 않을까요?"

"그러니까 둘이서 같이 고삐를 잡고 가시지요."

오쓰와 효고는 말머리를 사이에 두고 양쪽에서 나란히 고삐를 잡았다.

언덕을 내려올수록 길은 더욱 어두워졌고, 하늘엔 어느새 하얀 별이 총총하게 떠 있었다. 골짜기에는 군데군데 인가의 등불이 켜져 있었고, 계곡물이 소리를 내며 흘러가고 있었다. 그 계곡에 놓인 다리 앞쪽이 북히가쿠보北日ヶ窪이고 맞은편을 남히가쿠보南日ヶ窪라고 부르고 있었다.

그 다리의 앞쪽부터 북쪽의 절벽 일대에는 린타쓰粼達 화상이 세웠다는 승방이 있다. 언덕을 올라오다 중간에서 본 '소토슈曹洞宗 대학림大學林 센단인栴檀苑'이라고 쓰여 있던 문이 그 출입구다.

야규 가의 저택은 그 대학림과 마주한 남쪽 절벽에 자리 잡고 있다. 그래서 계곡을 따라 살고 있는 농부나 소상인 들은 대학림의 학승들을 북인이라 불렀고, 야규 가의 문하생들을 남인이라 불렀다.

야규 효고는 문하생들과 섞여 지내고 있었지만, 종가宗家인

세키슈사이의 손자이고, 다지마노카미의 조카인지라 혼자서 각별한 대우를 받으며 자유롭게 지냈다.

이곳은 또 야마토의 야규 본가와 구분하기 위하여 에도 야규라 부르고 있었고, 본가의 세키슈사이가 가장 사랑하는 사람이 손자인 효고였다.

효고는 스무 살이 되자마자 가토 기요마사加藤淸正의 눈에 들어 3,000석의 파격적인 녹봉을 받고 히고肥後로 가서 구마모토熊本에 자리 잡고 살게 되었는데 세키가하라關ヶ原 전투 이후 이른바 도쿠가와 쪽과 도요토미 쪽에 가담한 다이묘와의 복잡하기 그지없는 정치적인 기류로 인해 작년에 종가에 계신 할아버님인 세키슈사이가 위독하다는 구실로 야마토에 돌아온 이후로 수련을 쌓겠다는 핑계를 대며 히고로 돌아가지 않았다. 그 후 1, 2년간 효고는 여러 지방을 돌아다니며 수련을 쌓다 작년부터 이곳 에도 야규의 숙부 밑에서 머물고 있었다.

효고는 올해로 스물여덟인데, 마침 숙부의 집에는 오쓰라는 여성도 머물고 있었다.

한창 혈기왕성한 나이의 효고와 적령기의 오쓰는 금방 친해졌지만, 오쓰에게는 복잡한 과거가 있는 듯했고, 또 숙부의 눈도 있고 해서 효고는 아직 숙부는 물론 오쓰에게도 자신의 마음을 드러낸 적이 한 번도 없었다.

2

그런데 여기서 설명해둘 필요가 있는 것은 오쓰가 어떻게 야규 가에 몸을 의탁하게 되었느냐는 것이다.

무사시와 헤어지게 된 오쓰의 소식이 끊긴 것은 벌써 3년 전 일로 교토에서 기소 가도를 거쳐 에도로 가던 도중이었다.

후쿠시마福島의 관문과 나라이奈良井의 여관 사이에서 그녀를 기다리고 있던 마수魔手가 그녀를 협박하여 말에 태우고 산을 넘어서 고슈甲州 방면으로 도망친 경위는 앞에서 말했다.

그 장본인은 바로 혼이덴 마타하치本位田又八였다. 오쓰는 마타하치의 감시와 속박을 받으면서도 구슬을 품듯이 정조를 지켰고, 이윽고 무사시와 조타로 등 도중에 헤어진 사람들이 각자 다른 길로 에도에 도착했을 무렵에는 그녀도 에도에 있었다.

어디서.

무엇을 하며.

지금 그것을 자세히 이야기하려면 다시 2년 전으로 거슬러 올라가야 하기 때문에 여기에서는 간략하게 그녀가 야규 가로 가게 된 경위만을 이야기하겠다.

마타하치는 에도에 도착하자 우선 먹고살 방도를 찾아야 한다는 생각에 일자리를 찾기 시작했다. 하지만 일자리를 찾아다니는 동안에도 오쓰를 한시도 곁에서 떼어놓지 않으며 어디를 가나 자신들을 가미가타에서 온 부부라고 했다.

때마침 에도 성의 개축 공사가 한창이어서 석공과 미장이, 목수의 보조 같은 일이라면 그날부터 당장이라도 할 수 있는 일이 있었다. 하지만 축성 공사의 고달픔은 후시미 성의 공사장에서 이미 충분히 맛본 터라 '어디 부부가 함께 할 수 있는 일이나, 집 안에서 글로 먹고살 수 있는 일이 없을까?' 하고 여전히 우유부단한 태도를 보이자 조금이나마 도와주려던 사람들도 마타하치를 보며 한심한 듯 손가락질했다.

"아무리 에도라고 해도 그렇게 이기적으로 자기 입맛에 맞는 일이 있을 것 같나?"

그렇게 몇 달을 지내는 동안 오쓰는 되도록 마타하치를 방심하게 하려고 정조를 지키는 선에서 그의 말이라면 무엇이든 순순히 따라주었다.

그러던 어느 날 그녀가 거리를 걷고 있을 때 두 겹 삿갓 문장이 있는 의복함과 가마의 행렬을 보게 되었다. 길가로 몸을 피하며 예를 차리는 사람들의 이야기를 들어보니 그것이 야규, 그러니까 쇼군 가에서 검술을 가르치고 있는 다지마노카미의 행렬이라는 것이었다.

오쓰는 문득 야마토의 야규 장원에서 머물던 때가 떠올라 야규 가와 자신의 인연을 생각하면서 여기가 야마토라면 얼마나 좋을까 하는 헛된 바람을 갖기도 했지만, 그때도 마타하치가 곁에 있어서 그 행렬이 지나가는 모습을 그저 망연히 바라보고만 있었다.

그런데 그때 길가에 모여 있는 사람들을 헤치고 나오며 뒤에서 그녀를 부르는 사람이 있었다.

"아, 역시 오쓰 님이다. ……오쓰 님, 오쓰 님!"

그 사람은 방금 다지마노카미가 탄 가마 옆에서 걸어가던 삿갓을 쓴 무사였는데 얼굴을 보니 야규 장원에서 본 적이 있는 세키슈사이의 수제자인 기무라 스케쿠로였다. 오쓰는 부처님이 보낸 구원의 사절이라도 만난 듯 마타하치를 버리고 그에게 달려갔다.

그 자리에서 바로 오쓰는 스케쿠로를 따라 히가쿠보의 야규 가로 가게 된 것이다. 물론 닭 쫓던 개가 지붕 쳐다보는 꼴이 된 마타하치도 가만히 있지는 않았지만, 스케쿠로가 할 말이 있으면 야규 가로 오라고 하자 야규 가의 명성과 위세에 기가 죽은 그는 아무 대꾸도 하지 못하고 그냥 보내줄 수밖에 없었다.

3

세키슈사이는 야규 장원에 머물면서 에도에는 한 번도 나오지 않았지만, 쇼군 히데타다의 사범이라는 대임을 맡고 에도에

새 저택을 지어 살고 있는 다지마노카미가 늘 걱정되었다.

현재 에도뿐 아니라 전국적으로 '국기國技'라고 하면 쇼군 가가 배우는 야규의 검법을 말하고, '천하의 명인'이라고 하면 누구나 다지마노카미 무네노리를 첫 손가락에 꼽을 정도였다.

그러나 자식을 바라보는 부모의 마음이 다 그렇듯 세키슈사이의 눈에는 아직도 다지마노카미가 그저 어린아이 같았다. 자나 깨나 자식을 걱정하는 마음은 검성과 명인이라 불리는 부자도 보통 사람들과 아무 차이가 없었던 것이다.

특히 세키슈사이는 작년부터 병석에 눕는 일이 잦아지자 천수가 다했다고 깨달은 듯 쓸데없이 아들을 걱정하고 손자의 장래에 대해서도 근심이 깊어진 듯했다. 또 다년간 자신의 곁을 지키던 네 수제자인 데부치出淵, 쇼다庄田, 무라타村田 등도 각각 에치젠越前 가와 사카키바라榊原 가와 같은 지기知己들인 다이묘에게 천거하여 일가를 이루게 하는 등 마음의 준비를 하고 있는 것처럼 보였다.

그리고 네 수제자 중 한 명인 기무라 스케쿠로를 에도로 보낸 것도 스케쿠로와 같은 세상물정에 밝은 자가 다지마노카미의 곁에 있으면 도움이 되리라는 부모의 마음 때문이었다.

이상과 같이 야규 가의 지난 2, 3년간의 소식을 대략적으로나마 전했는데, 그런 에도 야규의 저택에, 아니 좀 더 가정적으로 말하면 다지마노카미의 보호 아래 한 명의 여성과 한 명의 조카가 식객으로 몸을 의탁하고 있었던 것이다. 그들이 바로 오쓰와 야규 효고였다.

스케쿠로가 오쓰를 데리고 온 경우는 그녀가 전에 세키슈사이의 시중을 들던 여성이라서 다지마노카미도 "괘념치 말고 언제까지든 편히 머무르시오. 집안일도 가끔 거들어주면 좋고."라며 흔쾌히 받아주었지만 그로부터 얼마 후에 조카인 효고도 와서 기식하게 되자 다지마노카미는 두 젊은 남녀에게 더 주의를 기울일 수밖에 없었고, 늘 가장으로서 신경을 쓰게 되었다.

하지만 조카인 효고는 무네노리와는 달리 더없이 무사태평한 성격이어서 숙부가 어떻게 보고 어떻게 생각하든 상관없이 자신은 오쓰가 좋고, 오쓰도 자신을 좋아한다고 거리낌 없이 말하곤 했다. 그러나 그도 눈치는 있는지 오쓰를 아내로 맞이한다거나 사랑한다는 말은 숙부나 오쓰 앞에서 절대로 입 밖에 내지는 않았다.

한편, 서로 말고삐를 잡고 어둠이 깔린 히가쿠보의 골짜기에서 내려온 두 사람은 지금 남쪽으로 향한 언덕을 조금 올라가 오른쪽에 있는 야규 가의 문 앞에서 걸음을 멈췄다. 효고가 대문을 두드리며 문지기에게 소리쳤다.

"헤이조平藏, 문 열어라. 헤이조, 효고와 오쓰 님이 돌아왔다."

급보

1

다지마노카미 무네노리는 마흔이 되려면 아직 2년의 시간이 더 있었다.

그는 준민俊敏하거나 강직한 성품은 아니었지만, 총명하면서도 매우 이성적이었다. 그러한 점은 영리하고 비범한 부친 세키슈사이와 천재적인 기질을 지닌 조카 효고와도 다분히 달랐다.

이에야스가 야규 가에 히데타다의 스승이 될 만한 사람을 한 명 에도로 보내라는 명을 내렸을 때 세키슈사이가 아들과 손자와 문하생들 중에서 굳이 무네노리를 보낸 이유는 그의 총명하고 온화한 성격이 적합하다고 보았기 때문이다.

야규 가가 근본으로 삼고 있는 것은 '세상을 다스리는 검법'이었다. 그것이 만년의 세키슈사이가 가진 신조였기 때문에 쇼군 가의 사범으로 어울릴 만한 사람은 무네노리밖에 없다고 천거한 것이었다.

또 이에야스가 아들인 히데타다에게 검술 실력이 좋은 사범을 구해 붙여준 것도 아들의 검술 실력을 키우기 위한 것이 아니었다.

이에야스 자신도 오쿠야마奧山 아무개에게 사사해서 검술을 배웠지만 그 목적은 '나라를 세울 때를 깨우치기 위해서'라고 늘 말했다. 그래서 한 개인이 강하고 약한 문제보다 '천하 통치의 검'이라는 대원칙 아래 나라를 세울 때를 기민하게 깨우치는 안목을 기르는 것이 최우선이어야만 했다.

그러나 무슨 일이건 끝까지 이겨서 살아남는 것이 검의 출발점이고 또 마지막까지의 목표인 이상 야규류의 방식이라 해서 개인 간의 결투에서 져도 된다는 원칙은 성립하지 않았다.

아니, 오히려 다른 유파의 무사보다 야규 가는 가문의 명성을 지키기 위해서라도 절대로 우월해야만 했다. 무네노리의 고민은 바로 거기에 있었다. 그는 가문의 명예를 짊어지고 에도로 온 이후로 일문에서 가장 많은 혜택을 받은 행운아처럼 여겨지고 있었지만, 실은 가장 혹독한 시련에 직면한 것이었다.

'조카가 정말 부럽구나.'

무네노리는 효고를 보면 마음속으로 늘 이렇게 중얼거리곤 했다.

'나도 효고처럼 살고 싶다.'

그러나 생각과는 달리 그는 자신의 입장과 성격 때문에 효고처럼 자유롭게 살 수는 없었다.

그 효고가 지금 다리 아래로 난 복도를 지나 무네노리의 방으로 건너왔다. 이 저택은 호장한 면모를 중시해서 세웠지만, 교토의 목수는 쓰지 않았다. 가마쿠라 양식에 따라 일부러 시골 목수에게 공사를 맡겼다. 이 부근은 나무도 드문드문하고 산도 낮았기 때문에 무네노리는 그런 건축물 속에서 살면서 야규 골짜기의 호방한 고향집을 그리워하고 있었다.

"숙부님."

효고는 방 안을 들여다보며 마루에 무릎을 꿇었다.

"효고냐?"

이미 알고 있었던 무네노리는 안뜰을 바라본 채 물었다.

"들어가도 되겠습니까?"

"무슨 일이라도 있느냐?"

"특별히 용무가 있는 것은 아니지만, 잠시 말씀드릴 것이 있습니다."

"들어오너라."

"예."

효고는 그제야 방으로 들어와서 앉았다. 예의를 엄격하게 지키는 것은 이 집의 가풍이었다. 효고는 조부인 세키슈사이 등에겐 꽤 응석을 부리는 편이었지만, 이 숙부에게만은 어떠한 어리

광도 부릴 수 없었다. 숙부는 늘 단정하게 정좌를 하고 있었는데, 효고는 때론 그런 숙부가 안쓰러운 생각이 들 정도였다.

2

무네노리는 평소 말수가 적은 편이었지만, 효고를 보더니 생각난 듯이 물었다.

"오쓰는?"

"돌아왔습니다."

효고는 대답하고 말을 이었다.

"늘 가던 히카와氷川 신사에 가서 참배하고 돌아오는 길에 여기저기 말이 가는 대로 맡겨놓은 통에 늦었답니다."

"네가 마중을 갔었느냐?"

"그렇습니다."

"……"

무네노리는 잠시 등잔불 너머에서 입을 다물고 있다 말했다.

"젊은 처자를 언제까지나 집 안에 머물게 하는 것도 여러모로 신경이 쓰이는구나. 스케쿠로에게도 말했지만, 기회를 봐서 어디 다른 곳으로 옮기도록 하는 것이 좋겠구나."

"하지만……"

효고는 이의가 있다는 듯한 말투로 말했다.

"의지할 데라곤 전혀 없는 가련한 신세라고 들었습니다. 이 집을 나가면 달리 갈 곳도 없지 않겠습니까?"

"그렇게 일일이 사정을 봐주다간 끝이 없다."

"마음씨 착한 여인이라고 할아버님께서도 말씀하셨다고 합니다."

"마음이 좋고 나쁘고의 문제가 아니다. 젊은 사내들로 득시글거리는 이 집에 아름다운 여인이 함께 있으면 드나드는 사람들의 입방아에도 오르내리고, 무사들의 마음도 흐트러진다."

"……."

효고는 암암리에 자기에게 주의를 주는 것이라고는 생각하지 않았다. 왜냐하면 자신은 아직 결혼을 하지 않았고, 또 오쓰에게도 부끄러워할 만한 불순한 마음을 품고 있지 않다고 믿고 있었기 때문이다.

오히려 효고는 방금 숙부가 한 말은 숙부 자신에게 한 말이라고 생각했다. 무네노리에게는 권문세가에서 시집온 부인이 있었다. 그 부인은 무네노리와 금실이 좋은지 어떤지조차 모를 정도로 내실에만 틀어박혀서 살고 있었다. 아직 젊고 외부와 떨어진 곳에서 지내는 만큼 남편 주변에 오쓰 같은 여자가 나타난 것을 절대로 좋게 볼 리가 없다는 것은 상상하기 어려운 일이 아니었다.

오늘 밤에도 딱히 밝은 표정은 아니었지만, 이따금 무네노리가 바깥방에서 홀로 쓸쓸하게 앉아 있는 모습을 보면 효고는 혹시 안에서 무슨 일이 있었던 건 아닌가 하고 신경이 쓰이곤 했다. 특히 무네노리는 고지식한 성품이어서 여자가 잔소리를 해도 시끄럽다고 일갈할 남편은 아니었다.

　대외적으로 쇼군 가의 사범이라는 대임을 항상 의식하고 있어야 하는 남편은 아내에게도 이런저런 쓸데없는 신경을 써야만 했다. 그렇다고 해서 다른 사람에게 그런 내색을 할 수 있는 것도 아니어서 무네노리는 침통하게 혼자 생각에 잠겨 있을 때가 많았다.

　"스케쿠로와 상의하여 신경을 쓰지 않도록 잘 처리하겠습니다. 오쓰 님의 일은 저와 스케쿠로에게 맡겨주십시오."

　효고가 숙부의 마음을 헤아려 그렇게 말하자 무네노리가 말했다.

　"빨리 처리하는 게 좋을 듯하구나."

　그때 마침 기무라 스케쿠로가 옆방에 와서 무네노리에게 고했다.

　"주군."

　스케쿠로는 문서궤를 앞에 놓고 등불에서 멀리 떨어진 곳에 앉았다.

　"무슨 일이냐?"

무네노리가 묻자 스케쿠로는 자세를 고치며 고했다.

"방금 고향에서 급보가 도착했습니다."

3

"급보?"

무네노리는 뭔가 짚이는 것이라도 있는지 황급히 되물었다. 효고도 바로 알아차렸지만 입 밖으로는 낼 수 없어서 아무 말 않고 스케쿠로의 앞에 놓인 문서궤를 무네노리에게 건넸다.

"어서 열어보시지요."

무네노리는 편지를 펴 보았다.

대조大祖 세키슈사이 님 위독

감기가 또 걸리시더니

이번엔 용태가 심상치 않습니다.

송구스러운 말씀입니다만 조석으로 위태로우십니다.

하오나 대조께선

설령 신변에 변고가 생길지라도

다지마노카미는 쇼군 가의 대임을 맡은 몸이니

고향으로 부르지 말라고 하셨습니다.

그러나 신하된 자로서

상의 끝에 우선 이렇게 급보를 보내 알려드립니다.

"위독하시다……."

무네노리와 효고는 이렇게 중얼거리고는 한동안 말이 없었다.

효고는 숙부의 표정을 보고 그가 벌써 모든 것을 해결하고 있다는 것을 알았다. 이런 경우에 처해서도 전혀 당황하거나 망설이지 않고 바로 마음의 결단을 내릴 수 있다는 것은 숙부의 총명함에서 비롯된 것이라고 늘 감탄하곤 했다. 반면에 효고는 그저 감정만 앞서서 조부의 죽은 얼굴과 고향의 가신들이 애통해하는 모습만 떠올라 올바른 판단을 내리지 못했다.

"효고."

"예."

"날 대신해서 지금 당장 네가 고향으로 출발해야겠다."

"예, 알겠습니다."

"에도 일은 안심하시라고 말씀 올리거라."

"그렇게 전하겠습니다."

"병구완도 부탁하마."

"예."

"급보를 보낸 걸 보니 용태가 위중하신 듯하다. 이제는 부처님의 가호가 있기를 바랄 뿐……. 서두르거라, 임종에 늦지 않도록.”

“그럼……”

“바로 가겠느냐?”

“홀몸인 것이 이런 때는 오히려 도움이 되는 듯합니다.”

효고는 무네노리에게 잠시 시간을 청한 뒤 자신의 방으로 물러갔다.

그가 떠날 채비를 하고 있는 사이에 벌써 흉보가 온 집안에 퍼져서 사람들은 비통함에 잠겨 있었다. 어느새 오쓰도 여장을 꾸리고 몰래 효고의 방으로 찾아와 울면서 부탁했다.

“효고 님, 부디 저도 데려가 주십시오. 하다못해 세키슈사이 님의 머리맡에서 받은 은혜의 만 분의 일이라도 갚고 싶습니다. 야규 장원에서도 깊은 은혜를 입었고, 이 댁에 머물 수 있었던 것도 필시 세키슈사이 님의 은혜라고 알고 있습니다. 부디 저도 데려가 주십시오.”

효고는 오쓰의 성격을 잘 알고 있었다. 숙부 같으면 거절했겠지만 그는 그녀의 청을 거절할 수 없었다. 오히려 아까 무네노리의 말도 있고 해서 마침 좋은 기회일지도 모른다고 생각했다.

“알겠습니다. 그러나 촌각을 다투는 일입니다. 말과 가마를 갈아타면서도 절 따라올 수 있겠습니까?”

효고가 확인하듯 묻자 오쓰는 기쁜 듯 눈물을 닦으며 말했다.

“예. 아무리 빨리 가시더라도……”

오쓰는 이렇게 말하고 효고가 여행 채비를 하는 것을 부랴부랴 도왔다.

4

오쓰는 또 다지마노카미의 방에 가서 자신의 심정을 얘기하고 그간의 은혜에 감사를 표하고 작별 인사를 고했다.

"아아, 그대도 가 주시겠소? 그대를 보면 병석에 계신 아버님도 분명 기뻐하실 게요."

무네노리는 반색을 하면서 노잣돈과 옷가지 등을 내주며 마음을 써주었다.

"몸조심하시오."

가신들은 문을 활짝 열어놓고 양옆에 줄지어 서서 그들을 배웅했다.

"다녀오겠네."

효고는 일동에게 인사를 하고 대문을 나섰다.

오쓰는 옷자락을 짧게 치켜 올리고 삿갓과 지팡이를 들고 있었는데, 만약 어깨에 등꽃을 얹었다면 오츠에 大津絵(겐로쿠元禄 시대에 오츠大津에서 팔던 그림)에 나오는 '등꽃 아가씨'가 그림 속에서 나왔다고 해도 믿을 정도였다. 사람들은 그녀의 아름다운 자태를 내일부터 볼 수 없는 것을 서운해했다.

탈것은 역참에 들를 때마다 구하기로 하고, 효고와 오쓰는 밤이 되기 전에 산겐야三軒家 부근까지 가기 위해 히가쿠보를 출발했다.

효고는 우선 오야마大山 가도로 나가 다마 강玉川에서 나룻배를 타고 도카이도東海道로 가자고 했다.

얇은 판자에 종이를 바르고 옻칠을 한 오쓰의 삿갓은 벌써 밤이슬에 젖기 시작했다. 풀이 무성한 계곡을 따라가자 이윽고 길폭이 넓은 언덕이 나타났다.

"도겐 언덕道玄坂입니다."

효고가 혼잣말처럼 가르쳐주었다.

이곳은 가마쿠라 시대부터 간토 지방으로 통하는 요충지였기 때문에 길은 넓었지만, 좌우에 수목이 울창한 야트막한 산이 감싸고 있어서 밤이 되면 왕래하는 사람이 드물었다.

"무섭지 않으시오?"

효고는 큰 걸음으로 성큼성큼 걸어갔기 때문에 이따금 발길을 멈추고 기다렸다.

"아니요."

오쓰는 그럴 때마다 싱긋 웃으며 걸음을 재촉했다.

오쓰는 자기를 데리고 가느라 야규 성에 도착하는 날이 지체되어서는 안 된다고 생각했다.

"여긴 산적이 자주 출몰하는 곳이오."

"산적이요?"

오쓰가 다소 놀란 듯 눈을 크게 뜨자 효고는 웃으며 말했다.

"다 옛날 일이지요. 와다 요시모리和田義盛의 일족인 도겐 타로道玄太郎라는 자가 산적이 되어 이 근처 동굴에서 살았다고 하더군요."

"그런 무서운 이야기는 그만하세요."

"무섭지 않다고 하시더니."

"짓궂으시네요."

"하하하하."

효고의 웃음소리가 어둠 속에서 메아리쳤다. 효고는 왠지 마음이 조금 들떠 있었다. 위독한 조부를 뵈러 고향으로 돌아가는 길을 재촉하는 와중에 죄송한 마음이 들기도 했지만, 뜻하지 않게 오쓰와 이렇게 동행하게 되어 너무나 기뻤다.

"어머나!"

무엇을 보았는지 오쓰가 놀라서 걸음을 멈췄다.

"왜 그러시오?"

효고의 손이 무의식중에 그녀의 등을 감쌌다.

"뭔가 있어요."

"어디에?"

"어머, 어린아이 같아요. 저기 길가에 앉아 있는데 뭘까요? 뭐라고 혼잣말을 하며 떠들고 있는 것 같지 않아요?"

"……?"

효고가 가까이 가서 보자 오늘 저녁 무렵 오쓰와 집으로 돌아오는 길에 풀숲에 숨어 있던 아이였다.

5

효고와 오쓰를 보자 무슨 생각을 했는지 이오리는 벌떡 일어서더니 칼을 빼들고 달려들었다.

"이얍!"

"어머!"

오쓰가 비명을 지르자 이오리는 오쓰에게 달려들었다.

"이 여우야, 죽어라!"

어린 소년이었고 칼도 작았지만 얼굴 표정만큼은 무시할 수 없었다. 무언가에 홀린 듯 앞뒤 가리지 않고 휘두르는 칼끝에 효고는 한 발 뒤로 물러서지 않을 수 없었다.

"이 여우야, 여우야!"

이오리는 노파처럼 쉰 목소리로 고함을 쳤다. 이상하게 생각한 효고가 이오리의 칼을 피하면서 잠시 살펴보았다.

"어떠냐!"

이오리는 칼을 휘둘러 가늘고 긴 관목灌木 한 그루를 싹둑 잘랐다. 나무의 절반이 풀숲으로 넘어가자 자기도 함께 털썩 주저앉더니 어깨를 들썩이며 숨을 몰아쉬었다.

"어떠냐, 이 여우야!"

그 꼴이 마치 적을 베고 몸서리를 치는 모습 같아서 효고는 고개를 끄덕이며 오쓰를 돌아보고 미소를 지었다.

"불쌍하게도 이 아이는 여우에게 홀린 모양이오."

"어머, 그리고 보니 저 무서운 눈은……."

"꼭 여우의 눈 같군."

"구해줄 수 없을까요?"

"미치광이와 바보는 고칠 수 없지만, 저 정도는 금방 고칠 수 있소."

효고는 이오리의 앞으로 돌아가서 그의 얼굴을 가만히 노려보았다. 이오리는 눈을 치켜뜨더니 다시 칼을 고쳐 잡고 소리쳤다.

"제기랄, 아직도 살아 있었구나!"

이오리가 일어서려는 순간 효고가 호통을 쳤다.

"이놈!"

효고는 갑자기 이오리를 옆구리에 끼더니 달리기 시작했다. 그렇게 언덕을 달려 내려가자 방금 건넌 다리가 나왔다. 효고는 그 다리에서 이오리의 두 다리를 잡고 난간 아래로 거꾸로 매달았다.

"어, 엄마!"

이오리는 목이 터져라 소리를 질렀다.

"아버지!"

효고가 놓아줄 생각을 하지 않자 이오리는 마침내 울먹이며 애원했다.

"선생님. 살려주세요."

뒤늦게 쫓아온 오쓰가 효고의 무자비한 모습을 보더니 자기가 매달려 있는 것처럼 말리고 나섰다.

"안 돼요! 안 됩니다, 효고 님! 어린애한테 그런 가혹한 짓을 하시면……."

그러자 효고는 이오리를 다리 위로 끌어 올린 다음 손을 놓았다.

"이제 됐겠지."

"으앙, 으앙!"

이오리는 큰 소리로 울기 시작했다. 이 세상에 자신의 울음소리를 들어주는 사람이 한 명도 없는 것을 서러워하듯이 목 놓아 울었다.

오쓰는 그의 곁으로 다가와서 가만히 어깨를 만져보았다. 어깨는 아까처럼 딱딱하게 굳어 있지 않았다.

"넌 어디 사니?"

이오리는 훌쩍이면서 손가락으로 가리키며 대답했다.

"저쪽."

"저쪽, 어디?"

"에도."

"에도 어디?"

"거간꾼 거리요."

"어머, 그렇게 멀리서 어떻게 여기까지 온 거니?"

"심부름 왔다가 길을 잃었어요."

"그럼, 낮부터 헤매고 있었구나?"

"아니……."

이오리는 고개를 저으면서 조금 진정된 목소리로 대답했다.

"어제부터요."

"뭐, 이틀이나 헤매고 다녔다고?"

오쓰는 이오리가 너무 딱해서 웃을 수도 없었다.

6

"그런데 어디로 심부름을 가는 거니?"

그녀가 묻자 이오리는 기다렸다는 듯이 대답했다.

"야규 님 댁이요."

그리고 그것만은 목숨을 걸고서라도 지켜야 할 물건인 듯 허리춤에서 꼬깃꼬깃 구겨진 편지를 꺼내 별빛에 비춰 보며 덧붙였다.

"야규 님 댁에 있는 기무라 스케쿠로 님이라는 사람한테 이 편지를 가지고 가는 거예요."

아아, 이오리는 왜 그 편지를 모처럼 만난 친절한 사람에게조차 조금이라도 보여주지 않았을까? 자신의 사명을 중시하기 때문일까? 아니면 눈에 보이지 않는 운명 같은 것이 뒤에 숨어서 일부러 보여주지 못하게 손을 쓴 탓일까?

이오리가 그녀의 눈앞에서 쥐고 있는 구겨진 편지는 그녀에게는 칠석날의 견우와 직녀가 만난 것보다 얻기 어려운 하늘이 내려준 기회였다. 지난 몇 년간, 꿈에서만 보며 만나지도 못하고 소식도 듣지 못했던 사람을 만날 수 있는 절호의 기회…….

그걸 또 모른다면 어쩔 수 없다. 오쓰도 딱히 관심이 없는 듯 편지를 주의 깊게 보려고도 하지 않았다.

"효고 님, 이 아이가 기무라 님을 찾아가는 길이랍니다."

오쓰는 그렇게 말하고 다른 곳으로 얼굴을 돌리고 말았다.

"전혀 엉뚱한 곳에서 헤매고 있었구나. 하지만 애야, 이제 다 왔다. 이 계곡을 따라 조금만 더 가면 왼편에 언덕길이 나온다. 그 세 갈래 길에서 두 그루의 큰 소나무가 있는 쪽을 향해서 가거라."

"여우에게 또 홀리지 않도록 조심하고."

오쓰가 주의를 주자 이오리는 그제야 눈앞의 안개가 걷힌 듯한 기분이 들며 이제 괜찮다고 자신감을 가졌다.

"고맙습니다."

이오리는 인사를 하고 계곡을 따라 조금 뛰어가다가 발길을 멈추고 확인하듯 손가락으로 가리키며 물었다.

"왼쪽이죠? 왼쪽으로 올라가는 거죠?"

"그래!"

효고는 고개를 끄덕이면서 대답했다.

"어두운 곳이 있으니 조심해서 가거라!"

더 이상 대답하는 소리도 들리지 않았다. 이오리의 모습은 수풀이 우거진 언덕길 속으로 빨려 들어가듯 사라져버렸다.

효고와 오쓰는 다리 난간에서 멀어져가는 이오리의 모습을 바라보고 있었다.

"꼬마가 영악하군."

"영리한 구석이 있는 아이예요."

그녀는 마음속으로 조타로와 비교하고 있었다. 그녀가 기억하는 조타로는 지금 만난 이오리보다는 키가 좀 작은 듯했지만, 헤아려보니 올해로 벌써 열일곱 살이었다.

'어떻게 변했을까?'

그리고 무사시를 떠올린 그녀는 그를 향한 그리움에 가슴 한

쪽이 아파왔다.

'어쩌면 이번 여행길에 우연히 만날지도 몰라.'

요즘 오쓰는 이렇게 부질없는 희망에 의지해서 아픔을 견뎌내고 있었다.

"자, 갑시다. 오늘 밤은 어쩔 도리가 없었지만 앞으로는 이렇게 한눈을 팔 시간이 없을 겁니다."

효고는 자신에게 타이르듯 말했다. 느긋한 성격의 효고에게는 그런 단점이 있다는 것을 스스로도 느끼고 있는 듯했다.

그의 말에 오쓰도 길을 서둘렀지만, 마음은 길가에 난 풀에가 있었다.

'저 풀잎도 무사시 님이 밟고 가신 풀이 아닐까?'

그녀는 그렇게 아무에게도 말할 수 없는 심정을 홀로 가슴속에 그리며 걸어갔다.

부모은중경

1

"이야, 할머니, 공부하세요?"

방금 밖에서 돌아온 땅딸이 주로는 오스기ぉ杉의 방을 들여다보고 감탄한 듯한 표정을 지었다. 한가와라 야지베에半瓦彌次兵衛의 집이었다.

오스기는 돌아보며 건성으로 대답하고 시끄럽다는 듯 다시 붓을 잡고 무언가를 쓰기에 여념이 없었다. 주로가 슬쩍 옆에 앉으며 중얼거렸다.

"뭐야, 경문을 베껴 쓰고 계셨군."

오스기는 들은 척도 하지 않았다.

"나이도 지긋하신 분이 이제 와서 글을 배워 뭐 하시게요? 저세상에 가서 글 선생이라도 하시려고요?"

"시끄럽네. 경문을 베껴 쓰는 사경寫經은 무아지경에서 해야

하니 저리 가게."

"오늘은 밖에서 할머님이 솔깃할 만한 일이 있어서 서둘러 이 야기해드리려고 돌아왔는데……."

"나중에 듣겠네."

"언제 끝나죠?"

"한 글자, 한 글자, 불도에 들어간다는 마음으로 정성껏 베껴 써야 하니 한 부를 쓰는 데도 사흘은 걸리네."

"참, 느긋하십니다."

"어디 사흘뿐이겠나, 올 여름에는 적어도 몇 십 부를 베껴 쓸 생각이네. 또 목숨이 붙어 있는 한 1,000부를 베껴 써서 세상의 불효자식들에게 골고루 남겨주고 가려는 것이 지금 내 생각이 기도 하네."

"1,000부나요?"

"그것이 내 남은 바람이야."

"그렇게 베껴 쓴 경문을 세상의 불효자식들에게 남기려는 이 유가 대체 뭐죠? 자랑은 아니지만 이래 봬도 불효라면 나도 남 못지않은데요."

"자네도 불효자인가?"

"이 집 안에서 굴러다니는 놈팡이들은 죄다 불효막심한 자들 이죠. 효자는 큰형님 정도밖에 없을 겝니다."

"말세구나, 말세야."

"하하하, 할머니 눈치를 보니 할머니 아들도 몹쓸 놈팡이인 모양이군요."

"그놈이 바로 부모를 울리는 불효자의 표본 같은 놈이지. 세상에 마타하치 같은 불효막심한 놈이 또 있을까 하고 생각하다 이《부모은중경父母恩重經》의 사경을 떠올리고 세상의 불효자들에게 읽히려고 비원悲願을 품었건만, 부모를 울리는 놈들이 그렇게도 많단 말이냐?"

"그럼 그《부모은중경》이라는 걸 1,000부나 베껴서 1,000명에게 나눠줄 생각이세요?"

"한 사람에게 보리菩提의 씨를 심으면 100명을 교화시키고, 100명에게 보리의 모종을 심으면 1,000만 명을 교화시킨다고 하니 내 비원은 그렇게 작은 것이 아니네."

오스기는 어느새 붓을 놓고 사경이 끝나서 한쪽에 쌓아둔 대여섯 부 중에서 한 부를 뽑아 엄숙한 태도로 건넸다.

"이걸 자네한테도 한 부 줄 테니 시간이 날 때마다 읽어보도록 하게."

주로는 지나치게 진지한 오스기의 얼굴을 보고 하마터면 웃음을 터뜨릴 뻔했지만, 기껏 신경 써서 준 것을 휴지처럼 주머니에 쑤셔 넣을 수도 없어서 공손하게 받아드는 체하며 급히 화제를 돌렸다.

"그런데 말이죠. 할머니의 신심이 하늘에 닿았는지 오늘 밤에서 그놈을 만났어요."

"뭐? 그놈이라니?"

"할머니가 원수를 갚기 위해 찾고 있는 미야모토 무사시라는 놈 말이에요. 그놈이 스미다 강 나루터에서 내려오는 것을 분명히 봤어요."

2

"뭐? 무사시를 봤다고?"

주로의 말을 듣자 오스기는 사경 따윈 안중에도 없다는 듯 탁자를 밀면서 말했다.

"그래, 어디로 갔나? 놈의 행선지는 알아놓았겠지?"

"그야 당연하죠. 그자와 헤어지고 나서 골목에 숨어서 뒤를 밟았더니 거간꾼 거리의 여인숙으로 들어갑디다."

"으음, 그럼, 여기 목수 거리와는 엎어지면 코 닿을 데가 아닌가. 그런 줄도 모르고……."

"그렇게 가깝지도 않습니다."

"아니, 가깝네, 가까워. 이때까지 전국 각지를 돌아다니면서 몇 개의 산과 강을 사이에 두고 멀리 떨어져 있다고 생각했는데, 이렇게 같은 곳에 있지 않은가."

"하긴 거간꾼 거리도 니혼 다리 안쪽에 있고, 목수 거리도 니혼 다리 안쪽에 있으니 그리 멀다고는 할 수 없지요."

오스기는 벌떡 일어서서 벽장을 열고 대대로 내려오는 단검을 꺼내 들었다.

"주로, 안내해주게."

"어디로요?"

"뻔하지 않은가?"

"성미가 느긋하신 줄 알았더니, 되게 급하시네요. 지금 당장 거간꾼 거리로 가시겠다는 겁니까?"

"아무렴, 늘 각오는 하고 있었네. 내가 죽으면 유골은 미마사카의 요시노고에 있는 혼이덴 가로 보내주게."

"잠깐만요. 만약 그리 된다면 애써 좋은 소식을 가지고 왔는데, 내가 큰형님께 혼이 날 겁니다."

"이런저런 생각할 여유가 없네. 무사시가 언제 여인숙을 떠날지 모르잖아."

"그 점은 안심하십시오. 옆방에서 뒹굴고 있던 녀석에게 감시하고 있으라고 했으니까요."

"그럼, 도망친다면 자네가 책임지겠는가?"

"이거, 마치 주객이 전도된 것 같군. 하지만 어쩔 수 없지. 내가 보증합니다, 보증해요."

주로는 오스기를 진정시켰다.

"이런 때일수록 침착하게 경전이나 베끼고 있는 것이 어떻겠습니까?"

"야지베에 님은 오늘도 출타하셨나?"

"큰형님은 계원들을 만나러 지치부에 있는 미쓰미네三峰에 가셨으니 언제 돌아오실지 모릅니다."

"그런 사람을 언제 기다렸다가 상의를 하란 말인가?"

"그럼, 사사키 님을 불러 의논을 해보시는 게 어떨까요?"

이튿날 아침, 거간꾼 거리에서 무사시를 감시하던 젊은 자의 말에 의하면 무사시는 어젯밤 늦게까지 여인숙 앞의 칼 가는 집에 가서 오랫동안 이야기를 나누더니 오늘 아침엔 여인숙에서 나와 그곳 2층으로 옮겼다는 것이다.

"그것 보게, 그놈도 살아 있는 인간인데, 언제까지 한곳에서 죽치고 있겠는가?"

오스기는 아침부터 안절부절 못하며 한시도 가만히 앉아 있지 못했지만, 그런 오스기의 성격을 지금은 잘 알고 있는 주로와 집 안의 다른 사람들은 전혀 개의치 않았다.

"아무리 무사시라도 날개가 달린 것도 아닌데, 그리 조급해할 필요는 없습니다. 나중에 고로쿠가 사사키 님에게 가서 상의를 하고 온다고 했으니까요."

주로가 말하자 오스기는 이미 자기 방에서 나갈 채비를 하며 말했다.

"뭐라고? 어젯밤에 사시키 님에게 간다더니 아직도 안 간 겐가? 성가시게……. 내가 직접 갈 테니 사시키 님의 거처가 어딘지나 알려주게."

3

"사사키 고지로 님의 거처는 호소카와 번의 중신인 이와마 가쿠베에 님의 집입니다. 이와마 가쿠베에 님의 집은 다카나와高輪 가도에 있는 이사라고 언덕位皿五坂의 중턱에 있는데, 흔히 '달의 곳'이라고도 불리는 높은 누각이고 대문엔 붉은 칠이 되어 있습니다."

한가와라의 식솔이 눈을 감고도 갈 수 있을 정도로 상세히 가르쳐주자 오스기는 젊은 사람이 늙은 자신을 배려해주느라 그러는 것이라고 생각했다.

"알겠네, 알겠어. 자네의 설명을 들으니 눈을 감고도 찾아갈수 있겠군. 다녀오는 동안 뒤를 부탁하겠네. 한가와라 님도 안계시니 특히 불조심하고."

오스기는 짚신을 신고 지팡이를 짚은 뒤 허리에는 단검을 차고 집을 나섰다.

안에서 뭔가 볼일을 보고 나온 주로가 집 안을 둘러보며 물었다.

"어, 할머니는?"

"벌써 나가셨습니다. 사사키 님이 계시는 곳을 가르쳐달라고 하셔서 가르쳐드렸더니 곧장 서둘러 나가셨습니다."

"못 말리는 노친네 같으니. 이보게 고로쿠!"

"왜?"

"왜긴 왜야? 네가 간밤에 사사키 선생께 가지 않아서 할머니가 혼자 가 버렸잖아."

"직접 갔으면 됐지 뭐."

"그게 아니라고. 큰형님이 돌아오시면 할멈이 자기 혼자 가게 내버려두었다고 고자질을 할지도 몰라."

"말주변은 좋으니까 충분히 그럴 수도 있지."

"몸은 명태같이 비쩍 마른 주제에 말이야, 기운은 세도 말에 밟히기라도 하면 그대로 끝장이라고."

"참, 성가시게 하네."

"미안하지만 방금 나갔으니 얼른 뒤따라가서 고지로 선생 댁까지 모셔다 드리고 오게."

"내 부모한테도 그렇게 한 적이 없는데……."

"그러니 속죄하는 마음으로 가란 말이야."

고로쿠는 노름을 하다 말고 허둥지둥 오스기의 뒤를 쫓아갔다. 주로는 웃음을 참으면서 젊은이들의 방에 들어가 한쪽 구석에 벌렁 드러누웠다.

다다미가 서른 장이나 깔릴 정도로 넓은 방이었는데, 골풀로 짠 멍석이 깔려 있고, 대도大刀, 창, 갈고리가 달린 봉 등이 손만 뻗으면 닿을 곳에 잔뜩 놓여 있었다. 판벽에는 이 방에서 기거하는 건달들이 쓰는 수건과 옷가지와 불이 났을 때 쓰는 두건 등이 못에 너저분하게 걸려 있었는데, 그중에는 아무도 입을 리가 없는 붉은 비단으로 지은 여자 옷도 있었고, 금은 가루를 뿌려 만든 칠기 경대도 하나 있었다.

어느 날 누군가가 그것을 보고 경대를 치우려고 하자 옆에 있던 사내가 사사키 선생이 걸어둔 것이라며 치우면 안 된다고 말했다. 그에게 이유를 묻자 그는 이렇게 설명했다.

"큰 방에 사내들만 득시글거리면 평소 사소한 일에만 살기를 띠고, 정말로 목숨을 걸고 싸워야 할 때는 도움이 되지 않는다고 선생이 큰형님께 말하는 걸 들었네."

그러나 여자 옷과 칠기 경대 정도로 이 방의 살기가 수그러들리가 없었다.

"어디서 속임수를 써?"

"누가?"

"너 말이야."

"닥쳐! 내가 언제 속임수를 썼다고 그래?"

"그만, 그만."

지금도 큰 방 한가운데에서는 한가와라가 집을 비운 틈을 타서 노름판을 벌이고 있는 자들의 눈에서 뭉클뭉클 살기가 피어오르고 있었다.

4

주로는 그 꼴을 보고 혀를 찼다.

"정말 못 말리는 놈들이군."

그러고는 벌렁 드러누워서 다리를 꼰 채 천장을 쳐다보고 있었지만, 승패가 날 때마다 시끌벅적하게 떠드는 소리에 잠을 잘 수 없었다. 그렇다고 자기보다 어린 자들의 코 묻은 돈을 먹자고 노름판에 낄 수도 없어서 그냥 눈을 감고 있는데 돈을 탈탈 털린 것으로 보이는 자가 옆에 오더니 벌렁 드러누웠다.

"쳇, 오늘은 재수가 없군."

하나둘 주로 쪽으로 와서 드러눕는 자들은 모두 돈을 잃은 자들이었다. 그중 한 명이 주로에게 불쑥 물었다.

"형님, 이게 뭡니까?"

그는 주로의 품속에서 떨어진 경문으로 손을 뻗으며 신기한 듯 말했다.

"불경 아닙니까? 형님답잖게 이런 걸 가지고 다닙니까? 부적인가?"

겨우 잠이 들려던 주로가 부스스 눈을 뜨며 말했다.

"그건 혼이덴 할머니가 비원을 품고 평생 동안 1,000부를 베껴 쓰겠다는 사경이다."

"어디 좀 볼까?"

글을 좀 아는 듯싶은 자가 뺏어들었다.

"정말 할머니 필적이군. 애들도 읽을 수 있도록 한자에는 가나仮名(일본 문자, 한자에 가나를 붙여서 읽는 법을 알려준다)까지 달아놓았네."

"그럼, 너도 읽을 수 있어?"

"이까짓 것도 못 읽을까 봐요?"

"어디 그럼, 가락을 넣어서 아름다운 목소리로 한번 읊어봐라."

"농담 마슈. 이게 뭐 노래도 아니고."

"이놈아, 먼 옛날엔 경문을 그대로 노래로 불렀다는데 그것과 다를 게 뭐냐?"

"이건 가락을 붙일 수가 없다고요."

"그럼, 아무렇게나 읊어봐라. 얻어터지기 전에."

"어서, 읊어봐."

"그럼."

사내는 어쩔 수 없이 벌렁 드러누운 채 사경을 얼굴 위에 펴

들고 읊기 시작했다.

부처님이 말씀하시길 부모은중경이라.

이와 같이 내가 들었노니

어느 날 부처님께서

왕사성 기사굴 산중에서

보살, 성문聲聞 무리와 함께 계셨는데

비구, 비구니, 우바새憂婆塞, 우바이憂婆夷

일체 제천諸天의 인민

용신 귀신 등

설법을 듣고자 모여드니

한 마음으로 보좌寶座를 둘러싸고

존안을 눈도 깜박이지 않고

우러러본다.

"뭔 소리야?"

"비구니라면 근래 얼굴을 허옇게 칠하고 게이세이마치傾城
町에서 몸을 파는 여자들 아냐?"

"쉿, 조용히 해!"

이때 부처님께서

바로 설법을 하시길

일체의 선남선녀여

아버지에게 자은慈恩이 있고

어머니에게 비은悲恩이 있으니

사람이 이 세상에 태어남은

전생의 업이요

부모와의 연이니라.

"뭐야, 아버지와 어머니 이야기로군. 부처님도 뻔히 다 아는 얘기밖에 할 줄 모르나 봐."

"쉿……. 다케武, 시끄럽다!"

"봐, 너 땜에 읽지를 않잖아. 읽을 때는 기분 좋게 듣더니."

"알았어. 이제 잠자코 있을 테니까 다음을 읽어봐. 좀 더 가락을 붙여서……."

5

아버지가 없으면 태어나지 못하고

어머니가 없으면 자라지 못하니

이로써

정신을 아버지의 씨에서 받고
육체를 어머니의 태내에서 이루나니.

벌렁 드러누워서 경문을 읊던 사내가 손가락으로 콧구멍을
후비면서 계속 읊었다.

이 인연으로 인해
어머니가 자식을 생각함이
세상에 비할 데가 없고
그 은혜, 끝이 없나니.

이번에는 모두가 너무 말이 없자 사내는 흥이 나지 않는지 불
쑥 묻는다.
"어이, 다들 듣고 있는 거야?"
"듣고 있어."

처음에 아이를 배고부터
열 달이 지나는 동안
행行, 주住, 좌坐, 와臥
무엇 하나 괴롭지 아니한 것이 없고
한시도 괴롭지 아니할 때가 없으니

늘 좋아하는 음식과 의복이 생겨도

람하지 아니하고

오로지 아이가 편히 태어나기만을 생각하네.

"지친다. 이제 됐지?"

"잘 듣고 있는데 왜 멈춰? 더 읽어."

달이 차고 날이 충족되어

아이를 낳을 때가 되자

업풍業風이 불어 출산을 재촉하니

뼈마디마다 쑤시고 아프네.

아버지도 두려움으로 심신을 떨며

아내와 자식을 걱정하고

일가친척 모두 애를 태우네.

아이가 태어나자

한없이 기뻐하는 부모의 모습이

마치 가난한 여인이 여의주를 얻은 듯하네.

처음에는 장난으로 듣던 자들도 차차 그 의미가 이해되자 넋을 잃고 귀를 기울이게 되었다.

아이가 첫 울음을 울면

어머니도 세상에 새로 태어난 듯하고

그 이후로

어머니의 품은 잠자리가 되고

무릎은 놀이터가 되고

젖은 양식이 되고

정은 생명이 되네.

어머니가 없으면 입지도 벗지도 못하고

어머니는 굶어도

입에 머금은 것까지 뱉어 아이에게 먹이네.

어머니가 없으면 자라지 못하고

아이가 요람을 벗어날 무렵이면

어머니는 아이의 열 손가락 손톱 밑에 낀 때도

마다하지 않고 먹네.

……사람들이 헤아리기에

어머니의 젖을

하루에 여덟 번 먹으니

부모의 깊은 은혜는 하늘에 닿을 듯하구나.

"……."

"어이, 왜 그래?"

"금방 다시 읽을게."

"어라, 우는 거야? 울상이 되어서 읽고 있네."

"시끄러!"

사내는 허세를 부리며 계속 읽었다.

어머니는 동서東西의 이웃 마을에 품을 팔러 가서

어떤 때는 물을 긷고, 어떤 때는 불을 때고

어떤 때는 방아를 찧고, 어떤 때는 맷돌을 가네.

집으로 돌아오는 길에도

아직 도착도 못했건만

아이가 집에서 울며

자신을 찾고 있다는 생각이 들면

가슴이 뛰고 심장이 요동치며

젖이 흘러넘쳐 멈출 줄을 모르네.

서둘러 뛰어가 집에 이르자

아이는 멀리서 어머니가 오는 모습을 보고

고개를 들고 머리를 흔들며

어머니를 향해 울음을 터뜨리네.

어머니는 몸을 굽히고 두 손을 뻗어

아이에게 입을 맞추자

두 마음이 하나가 되어 은애恩愛가 넘치니

이보다 더한 것은 없도다.

두 살이 되어 비로소 어머니의 품을 떠나 처음으로 걸으니

아버지가 없으면 불에 데는지도 모르고

어머니가 없으면 칼에 손가락을 다치는지도 모르네.

세 살이 되면 젖을 떼고 비로소 음식을 먹으니

아버지가 없으면 독이 목숨을 빼앗는지도 모르고

어머니가 없으면 약이 병을 낫게 하는지도 모르네.

부모가 다른 집에서

진수성찬을 얻으면

자신들은 먹지 않고 품속에 품고 와서

아이를 불러 아이에게 먹이니

아이는 좋아서 어쩔 줄을 모르네.

"어이, 또 우는 거야?"

"왠지 부모님 생각이 나서."

"그만 울어. 네가 훌쩍이면서 읽으니까 나까지 이상하게 눈물이 나려고 하잖아."

건달에게도 부모는 있다. 난폭하고 목숨 귀한 줄 모르고 하루 종일 방 안에서 뒹굴며 빈둥거리는 자도 부모 없이 혼자 태어난 자식들이 아니다. 다만, 그들은 평소에 부모에 대해 이야기를 꺼내면 사내답지 못한 놈이라며 타박을 당하고, 완전히 무시를 당하곤 했다.

그런 그들의 마음 깊은 곳에서 지금 문득 부모라는 존재가 되살아나자 분위기가 갑자기 숙연해졌다.

처음에는 장난치듯 가락을 넣어서 흥얼거리며 읊던 《부모은중경》이 쉬운 내용으로 귀에 쏙쏙 들어오자 점점 이해하게 된 듯 보인다. '나에게도 부모가 있었어.'라고 떠올리게 되자 자신들이 어머니의 젖을 빨고 아버지의 무릎에서 놀던 시절의 동심으로 돌아가 겉으로는 모두 팔베개를 하거나 드러누워서 천장을 향해 발바닥을 보이며 다리를 꼬고 있거나 장딴지를 드러내놓고 뒹굴고 있었지만, 부지불식간에 눈물을 흘리는 자가 적지 않았다.

"어이."

그중 한 명이 《부모은중경》을 읽던 자에게 말했다.

"아직 더 있나?"

"있어."

"그럼, 좀 더 들려주게."

"잠깐만."

사내는 벌떡 일어나더니 휴지로 코를 풀고 나서 이번에는 앉아서 읽기 시작했다.

자식이 점점 자라서
벗과 어울리게 되면
아버지는 아이에게 옷을 구해주고
어머니는 아이의 머리를 빗겨주며
자신이 아끼는 모든 것을 아이에게 주고
자신은 헌옷을 입고 누더기를 걸치네.
아이가 혼기가 차서
남의 딸을 아내로 맞이하면
부모를 점점 멀리하고
자신들끼리 방에 틀어박혀 즐거워하네.

"음, 맞는 말이지."
누군가 고개를 끄덕였다.

……부모가 나이를 먹어
기력이 쇠하면
기댈 곳은 오로지 자식뿐이거늘
아침부터 저녁까지

한 번도 부모를 찾지 않고

한밤중에 장지문 틈으로 들어오는 한기에

온몸이 편치 않고, 아무 대화도 없으니

마치 외로운 나그네가 객지에서 홀로 기거하는 것 같구나.

또 어떤 때는 급한 일이 있어

자식을 부르려 하면

열 번을 불렀는데 아홉 번을 오지 않다

마지막에 와서는 안부를 묻기는커녕

오히려 화를 내며

늙어 오래 사는 것보다

빨리 죽는 것이 낫다는 듯 말하네.

부모는 그 말을 듣고 가슴이 미어지고

눈에는 눈물이 흘러 눈앞이 참참해지니

아아, 네가 어렸을 때

내가 없었으면 이만큼 자라지도 못했고

내가 없었으면 이렇게 크지도 못했거늘.

아아, 내가 너를…….

"나, 난 이제 더는 못하겠으니 누가 대신 읽게."

사내는 경문을 내던지고 울음을 터뜨렸다.

단 한 명도 뭐라고 소리를 내는 자가 없었다. 누워 있는 자도,

엎드려 있는 자도, 책상다리를 하고 앉아서 오리처럼 머리를 처박고 있는 자도…….

같은 방의 맞은편에서 눈에 불을 켜고 노름을 하던 자들도 코를 훌쩍이며 울고 있었다.

문턱에 서서 그 기묘한 광경을 둘러보던 사사키 고지로가 모두에게 물었다.

"한가와라는 아직 돌아오지 않았는가?"

핏빛 달무리

1

한쪽에서는 노름에 정신이 팔려 있고, 다른 한쪽에서는 눈물을 찔끔거리며 대답하는 이가 없자 고지로는 양손으로 얼굴을 덮고 벌렁 누워 있는 주로에게 다가가 소리쳤다.

"이게 어떻게 된 일이냐?"

"아, 선생님."

주로는 당황해서 눈물을 닦고 콧물을 훔치면서 일어나 부끄러운 듯 인사를 했다.

"오신 줄 전혀 몰랐습니다."

"울고 있나?"

"아닙니다. 울기는요."

"이상한 녀석들이군. 고로쿠는?"

"오스기 할머니와 방금 선생님을 뵈러 거처로 갔습니다."

"내 거처에?"

"예."

"혼이덴 할머니가 내 거처에는 무슨 일로 갔나?"

고지로가 나타나자 노름에 빠져 있던 자들은 황급히 흩어져버렸고, 주로와 함께 홀쩍이던 자들도 슬금슬금 모습을 감춰버렸다. 주로는 고지로에게 어제 나루터 입구에서 무사시와 만난 일을 이야기했다.

"마침 큰형님도 안 계시고 해서 우선 선생님과 의논을 하려고 갔습니다."

무사시라는 말을 듣자 고지로의 눈은 불덩이처럼 이글이글 타올랐다.

"으음, 그럼 무사시는 지금 거간꾼 거리에서 투숙하고 있다는 말인가?"

"아닙니다. 여인숙에 있다가 그 앞에 있는 칼갈이 고스케의 집으로 옮겼다고 합니다."

"이상하군."

"뭐가 이상합니까?"

"고스케에게 내 애검인 모노호시자오를 갈아달라고 맡겨놓았는데."

"예? 선생님의 장검을 말입니까? 정말 기이한 인연이군요."

"실은 오늘쯤 다 되었을 것 같아 찾으러 갈 생각이었네……."

"예? 그럼 고스케의 가게에 들렀다 오시는 길입니까?"

"아니, 이제부터 갈 생각이었어."

"다행입니다. 선생님이 아무것도 모르고 가셨더라면 무사시가 눈치를 채고 선수를 쳤을지도 모릅니다."

"아직 이사라고까지는 못 갔을 테니 발이 빠른 자를 보내서 불러오겠습니다."

고지로는 안채에 가서 기다렸다. 이윽고 등불을 켤 무렵, 고로쿠와 데리러 갔던 자가 오스기를 가마에 태우고 황급히 돌아왔다.

그날 밤, 고지로는 한가와라 야스베에가 돌아오기를 기다리지 않고, 자신이 오스기를 도와 반드시 무사시를 해치우겠다고 했다.

주로와 고로쿠도 상대가 비록 요즘에 고수라 소문난 무사시이지만, 고지로에게는 당해내지 못할 거라고 생각했다.

"그럼, 갈까요?"

오스기는 반색을 했다.

"아, 지금 처치하러 가시겠소?"

하지만 오스기도 나이만은 어쩔 수 없는지 이사라고까지 갔다 온 피로에 허리가 아프다고 했다. 그래서 고지로는 칼을 찾으러 가는 것도 미루고 내일 저녁까지 기다리기로 했다.

2

이튿날 오후.

오스기는 목욕을 한 뒤 이와 머리를 까맣게 물들였다. 그리고 해질녘이 되자 부산하게 채비를 하기 시작했다. 그녀가 수의로 준비한 하얀 무명옷에는 전국 각지의 신사와 불각佛閣의 인장이 찍혀 있었다.

오스기는 나니와浪華의 스미요시住吉 신사, 교토의 기요미즈 사淸水寺, 오토코야마 하치만구男山八幡宮, 에도 아사쿠사浅草의 관세음, 그밖에 전국 각지의 신사와 사찰에서 받은 문장이 바로 지금 자신을 지켜줄 것이라고 믿고 있는지 철갑옷을 입은 것보다 마음이 더 든든한 모습이었다.

그럼에도 아들인 마타하치에게 쓴 유서를 몸에 지니는 것은 잊지 않았다. 오스기는 유서를 자신이 직접 베낀《부모은중경》에 끼워서 소중히 간직하고 있었다.

아니, 그보다 더 놀라운 점은 그녀의 돈주머니 속에 항상 다음과 같이 쓴 종이 한 장이 들어 있다는 사실이었다.

이 몸은 노령에도 불구하고 대망을 품고 유랑하는 몸이라 언제 원수에게 죽임을 당할지 모르고, 또 길 위에서 병이 들어 죽을지도 모르니 그때는 불쌍히 여겨 이 돈으로 적절히 장례를 치러주길 길 위의 어진 이와 관인官人께 부탁을 드립니다.

사쿠슈 요시노고의 고시
혼이덴 가의 부인 오스기

이렇게 자신의 유골을 보낼 곳까지 세심하게 마음을 쓰고 있었다.

오스기는 허리에 칼을 차고, 다리에는 하얀 각반을 감고, 손에는 수갑手甲까지 한 다음 민소매 위에 허리끈을 단단히 동여맸다. 채비를 끝낸 그녀는 자기 방에서 사경을 하던 책상 위에 물 한 그릇을 떠놓고 마치 살아 있는 사람에게 말하듯 "다녀오겠소."라고 말하고는 잠시 눈을 감고 있었다.

필시 객사한 가와라河原의 곤權 숙부에게 고한 것이리라. 그때 주로가 장지문 틈으로 가만히 들여다보며 물었다.

"할머니, 멀었습니까?"

"채비 말인가?"

"이제 슬슬 가실 시간이 된 것 같고, 고지로 님도 기다리고 계십니다."

"다 되었네."

"그럼, 이쪽 방으로 건너오세요."

그 방에는 사사키 고지로와 고로쿠, 그리고 주로가 채비를 마치고 기다리고 있었다.

오스기는 그녀를 위해 비워둔 상좌에 가서 앉았다.

"출전을 기념하는 축배입니다."

고로쿠가 잔을 들어 오스기의 손에 건넨 뒤 술병을 들고 술을 따랐다. 다음이 고지로. 네 사람은 차례로 나눠 마시고 불을 끄고 방을 나섰다. 다른 자들도 서로 같이 가겠다며 나섰지만, 사람이 많으면 오히려 거추장스럽고, 또 아무리 밤이라고는 하지만 세상 사람들의 이목도 있다며 고지로가 그들을 물리쳤다.

"잠깐 기다리십시오."

문을 나서는 네 사람 뒤에서 사내 한 명이 부싯돌을 쳐서 불을 밝혔다. 하늘에는 비구름이 깔려 있었고, 어둠 속에서는 두견새가 울고 있었다.

3

어둠 속에서 개가 계속 짖어댔다. 짐승의 눈에도 네 사람의 모습이 어딘지 심상치 않게 보이는 모양이다.

"……어?"

고로쿠가 어두운 네거리에서 뒤를 돌아보았다.

"고로쿠, 왜 그래?"

"수상한 놈이 아까부터 뒤를 밟는 것 같아서요."

"하하하, 남아 있던 젊은 녀석들이겠지. 같이 데려가 달라고 조르던 녀석이 한둘이 아니었으니까."

고지로의 말에 고로쿠가 한숨을 쉬며 말했다.

"못 말리는 녀석들이군. 칼싸움이라면 밥보다도 좋아하는 녀석들이니. 어떻게 하죠?"

"내버려둬라. 오지 말라고 호통을 쳐도 따라오는 녀석이라면 믿을 만하니까."

네 사람은 더 이상 신경 쓰지 않고 거간꾼 거리의 모퉁이로 접어들었다.

"음…… 저기인가 보군. 고스케의 가게가."

고지로는 멀리 떨어져서 맞은편 처마 밑에 서 있었다.

"선생님은 오늘 처음 오신 겁니까?"

그들은 서로 목소리를 낮춰 속삭였다.

"칼은 이와마 가쿠베에 님이 맡겼으니까."

"그래서 어떻게 하실 겁니까?"

"아까 말한 대로 할머니와 너희들은 저쪽 어딘가에 숨어 있어라."

"그러다 자칫 무사시가 뒷문으로 도망치진 않을까요?"

"괜찮다. 무사시와 나는 자존심 때문에라도 등을 보일 수 없는 관계다. 만일 도망을 친다면 무사시는 무사로서의 생명을 잃게 될 것이다. 또 무사시는 도망칠 정도로 생각이 없는 자가 아니다.”

“그럼, 저희들은 양쪽 처마 아래에 나눠서 있을까요?”

“내가 집 안에 들어가 무사시를 데리고 나와 열 걸음쯤 나란히 걷다가 칼을 뽑아 무사시를 공격할 테니 그때 할머니에게 베도록 하면 될 것이다.”

“고맙습니다. 고지로 님의 모습이 부처님처럼 보입니다.”

오스기는 몇 번이나 손을 모아 인사를 했다.

자신의 그림자를 밟으며 즈시노 고스케의 집 앞까지 걸어가는 고지로의 마음속에는 남들이 상상하기 어려울 정도로 자신의 행위에 대한 정의감이 가득 차 있었다.

그와 무사시 사이에는 처음부터 원한이라고 할 만한 일은 아무것도 없었다. 단지, 무사시의 명성이 높아짐에 따라 고지로는 괜히 기분이 나빴고, 무사시 역시 고지로라는 사람보다는 그의 실력을 심상치 않다고 인정하고 있었기 때문에 남달리 경계심을 가지고 그를 대하던 상태가 몇 년 전부터 이어져오고 있었다.

요컨대 처음엔 서로가 아직 젊었고, 혈기와 패기로 가득 차 있었다. 그리고 실력이 호각인 사람들 사이에 생기기 쉬운 마찰에서 빚어진 감정의 대립에 지나지 않았다.

하지만 돌이켜보면, 교토의 요시오카吉岡 가문과 얽힌 문제를 비롯해서 아케미와의 문제, 그리고 지금 다시 혼이덴 가의 오스기라는 노파와 얽힌 문제로 인해 무사시와 고지로의 이 세상에서의 관계는 숙원이라고 할 정도는 아니지만, 결코 다시는 메울 수 없는 대립의 골이 둘 사이에 깊이 파여 있는 것만은 부정할 수 없었다.

하물며 고지로가 오스기의 신념을 그대로 자신의 신념으로 받아들여 자신의 일그러진 감정을 불쌍한 약자를 돕는 행동으로 정당화하여 생각하게 된 지금 두 사람의 상극相剋은 숙명이라고 할 수밖에 없었다.

"주인장, 잠이 들었나? 주인장!"

고지로는 고스케의 가게 앞에 서서 닫혀 있는 문을 가볍게 두드렸다.

4

문틈으로 불빛이 새어나오고 있었다. 가게 안에 인기척은 없었지만, 고지로는 이내 고스케가 아직 잠을 자고 있지 않다는 것을 알아차렸다.

"뉘시오?"

주인의 목소리인 듯했다. 고지로가 문 밖에서 말했다.

"호소카와 가의 이와마 가쿠베에 님을 통해 칼을 부탁한 사람이네."

"아, 그 장검 말이군요?"

"어쨌든 문부터 열어주시게."

"예."

잠시 후 문이 열리고 두 사람은 서로를 훑어보았다. 고스케가 문을 막아선 채 무뚝뚝하게 말했다.

"아직 다 갈지 못했습니다만."

"그런가."

고지로가 그렇게 대답했을 때는 이미 안으로 들어가 토방 옆에 있는 방의 마루에 걸터앉은 뒤였다.

"언제 되겠나?"

"글쎄요."

고스케는 자기 볼을 잡아당기며 대답했다. 안 그래도 긴 얼굴이 더 늘어나서 눈꼬리가 아래로 처졌다. 그 모습이 왠지 다른 사람을 조롱하는 것 같아서 고지로는 기분이 좀 언짢았다.

"너무 오래 걸리는 것 아닌가?"

"그래서 이와마 님께도 기한은 저에게 맡겨달라고 미리 말씀드렸습니다만."

"너무 오래 걸리면 곤란한데."

"곤란하시면 그냥 가지고 돌아가셔도 됩니다."

"뭐?"

칼이나 가는 장인 나부랭이가 할 수 있는 말이 아니었다. 고지로는 그의 언동만 보고 사람의 심중을 헤아리려고는 하지 않고, 그가 자신이 올 것을 미리 알고 무사시가 뒤에 있는 것을 믿고 허세를 부리고 있는 것이 틀림없다고 받아들였다.

고지로는 이렇게 된 이상 단도직입적으로 나가는 것이 낫겠다고 생각했다.

"그건 그렇고, 자네 집에 사쿠슈의 미야모토 무사시 님이 묵고 있다던데, 맞는가?"

"허…… 어디서 그런 말을 들으셨습니까?"

고스케는 다소 의외라는 표정으로 말꼬리를 흐렸다.

"계시긴 계십니다만."

"오랫동안 만나지 못했지만, 무사시 님과는 교토 이래로 알고 지내는 사이이네. 잠깐 불러주지 않겠나?"

"무사님의 성함이?"

"사사키 고지로…… 그렇게 말하면 바로 알 걸세."

"뭐라고 하실지…… 어쨌든 말씀드려보겠습니다."

"아, 잠깐만."

"또 뭐죠?"

"너무 갑작스러운 일이라 무사시 님이 의심할지도 모르지만, 실은 호소카와 가의 가신 중 한 명이 무사시 님과 쏙 빼닮은 사람이 이 가게에 있다고 해서 찾아온 것이네. 밖에서 술이라도 한 잔하고 싶으니 채비를 하고 나오시라고 전해주게."

"예."

고스케는 발이 걸려 있는 마루를 지나 안으로 들어갔다. 고지로는 뒤에서 그를 바라보며 생각했다.

'만일 도망치지는 않더라도 무사시가 우리 계획과는 달리 나오지 않으면 어떻게 하지? 그때는 오스기를 앞세워 불러내면 체면 때문에라도 나오지 않을까?'

2단계, 3단계 계책까지 궁리하고 있는데 갑자기 문밖에서 그의 예상을 완전히 벗어나는 비명 소리가 들렸다.

"으악!"

단순한 비명이 아니었다. 듣는 사람의 영혼까지도 뒤흔드는 듯한 전율을 느끼게 하는 비명 소리였다.

5

'아차!'

고지로는 앉아 있던 마루에서 벌떡 일어섰다.

'우리 계책이 들통났구나! 아니, 우리 계책이 놈에게 역이용당한 거다!'

무사시가 어느새 뒷문으로 나가 상대하기 쉬운 자들부터 공격한 듯했다.

"오냐, 그렇게 나온다면."

고지로는 어두운 거리로 뛰어나가면서 생각했다.

'때가 왔다!'

온몸의 근육이 팽팽하게 수축하면서 피가 끓어오르듯 투지가 솟구쳤다.

"언젠가 검을 들고 만나자."

그것은 에이 산叡山에서 오츠大津로 넘어가는 고갯마루 주막에서 그와 헤어질 때 나눈 말이었다. 잊지 않고 있었다. 그때가 온 것이다.

'설사 할머니가 칼에 맞아 죽었더라도 무사시의 피로 할머니의 명복을 빌어줄 테다.'

그 순간 고지로의 머릿속에선 이런 의협심과 정의감이 불타고 있었다. 그런데 열 걸음도 못 가서 길바닥에서 괴로워하던 자가 그의 발소리를 듣고 외쳤다.

"서, 선생님!"

"앗, 고로쿠?"

"……당했습니다! ……당했어요!"

"주로는 어떻게 되었나? ……땅딸이는?"

"주로도."

"뭐?"

주위를 둘러보니 그곳에서 대여섯 간쯤 떨어진 곳에서 피투성이가 된 주로가 숨을 헐떡이고 있었다. 보이지 않는 것은 오스기였다. 그러나 그녀를 찾을 겨를이 없었다. 고지로는 주위를 경계하느라 온 신경을 곤두세우고 있었다. 사방의 어둠이 모두 무사시의 그림자인 듯 고지로는 온몸으로 방어 자세를 취했다.

"고로쿠, 고로쿠!"

고지로는 숨이 넘어가기 시작한 고로쿠에게 소리쳤다.

"무사시는? 무사시는 어디로 갔느냐? 무사시 말이야!"

"아, 아닙니다."

고로쿠는 고개를 들지 못하고 땅바닥에서 고개를 저으면서 겨우 말했다.

"무사시가 아닙니다."

"뭐?"

"상대는 무, 무사시가 아닙니다."

"뭐, 뭐라고?"

"……."

"고로쿠! 다시 한 번 말해봐라. 상대가 무사시가 아니라는 말이냐?"

"……."

고로쿠는 더 이상 대답할 수 없었다. 고지로는 몽둥이로 얻어맞은 듯 혼란스러웠다. 무사시가 아니라면 누가 이 두 사람을 순식간에 베어버렸단 말인가.

그는 이번엔 쓰러져 있는 주로에게 가서 피에 홍건히 젖은 멱살을 잡고 그를 일으켰다.

"주로, 정신 차려! 상대가 누구냐? 그자는 어디로 갔느냐?"

힘겹게 눈을 뜬 주로는 그러나 고지로의 질문이나 이 일과는 아무 관련이 없는 말을 마지막 힘을 짜내 울먹이듯 중얼거렸다.

"어머니, 어머니…… 이 불효자식을……."

피에 홍건히 젖은《부모은중경》한 부가 그의 품속에서 툭 떨어졌다.

"쳇, 무슨 헛소리야!"

고지로는 그의 멱살을 놓았다.

6

그때, 어디선가 오스기의 목소리가 들렸다.

"고지로 님, 고지로 님."

목소리가 나는 곳으로 뛰어가 보니 오스기 역시 하수 웅덩이에 빠져 있었다.

"나 좀 올려주시오. 빨리."

오스기는 손을 저으며 고지로에게 소리쳤다.

"아니, 이게 대체 무슨 꼴입니까?"

고지로는 어이없어 하며 오스기를 힘껏 끌어올렸다. 오스기는 물에 젖은 행주처럼 털썩 주저앉아 오히려 고지로에게 물었다.

"방금 사내는 이미 달아났소?"

"할머니! 그자가 대체 누굽니까?"

"나도 모르겠소. 다만 아까 우리 뒤를 따라오던 자인 것만은 틀림없소."

"그자가 주로와 고로쿠를 기습한 겁니까?"

"그렇소. 마치 질풍처럼 무슨 말을 할 틈도 없이 어둠 속에서 갑자기 튀어나와 주로를 먼저 베고 고로쿠가 놀라서 칼을 빼 드는 순간 고로쿠마저 베어버렸소."

"그래서 그자는 어디로 갔습니까?"

"나도 옆에 있다 봉변을 당해서 여기에 빠지는 바람에 잘 보지는 못했지만, 발소리는 확실히 저쪽으로 멀어져갔소."

"강 쪽이군."

고지로는 허공을 날 듯이 달려갔다. 마시장이 자주 서는 공터를 지나 야나기하라柳原의 제방까지 달려가서 주위를 둘러보았다.

버드나무 목재가 쌓여 있는 벌판 한쪽에 사람의 그림자와 불빛이 보였다. 가까이 가서 보니 네다섯 채의 가마를 놓고 가마꾼들이 모여 있었다.

"어이, 가마꾼."

"예!"

"저기 거간꾼 거리에서 내 일행 둘이 칼을 맞고 쓰러져 있고, 또 하수 웅덩이에는 노파가 한 명 빠져 있으니 가마에 싣고 목수 거리에 있는 한가와라의 집까지 실어다 주게."

"앗! 쓰지기리辻斬(옛날, 무사가 칼을 시험하거나 검술을 닦기 위해 밤길에 숨었다가 행인을 베던 일, 또는 그 무사)를 당한 겁니까?"

"쓰지기리가 나타났습니까?"

"쓰지기리라면 저희도 무서워서 함부로 나다닐 수 없을 듯합니다."

"범인이 방금 그 골목에서 이리로 도망쳐왔을 텐데, 자네들은 보지 못했나?"

"글쎄요. 지금 말입니까?"

"그래."

"못 봤습니다."

가마꾼들은 비어 있는 가마 세 채를 메고 물었다.

"나리, 삯은 누구한테 받습니까?"

"한가와라의 집에서 받게."

고지로는 그렇게 말하고 다시 뛰어가더니 강가와 목재가 쌓여 있는 곳을 살펴보았지만 아무도 발견하지 못했다.

'정말 쓰지기리였나?'

고지로는 그렇게 생각하며 조금 돌아가자 히요케치火除地(에도 시대에 불이 났을 때 불이 크게 번지는 것을 막기 위해 만든 공터)인 오동나무 밭이 나왔다. 그곳을 지나 오늘은 이만 한가와라의 집으로 돌아갈 생각이었다. 오늘 밤 계획은 이미 실패했고 더구나 오스기도 없으니 의미가 없었다. 또 이렇게 흐트러진 마음으로 무사시와 칼을 겨루는 것은 피하는 것이 현명하다고 생각했기 때문이다.

그때였다. 오동나무 숲의 길옆에서 칼 같은 것으로 보이는 빛이 번쩍였다. 눈을 돌릴 틈조차 없었다. 칼에 잘린 오동나무 잎이 머리 위에서 흩날리는가 싶더니 칼날이 이미 그의 머리를 향해 날아오고 있었다.

7

"비겁하다!"

고지로가 소리쳤다.

"비겁하긴 누가 할 소리!"

고함 소리와 함께 몸을 피한 고지로를 향해 두 번째 칼날이 나무 뒤에서 어둠을 가르고 날아왔다. 고지로는 공중제비를 세 번 돌아 일곱 자나 물러났다.

"무사시인 것 같은데 어찌 비겁하게……."

이렇게 소리치던 고지로의 목소리가 무언가에 놀란 듯 갑자기 바뀌었다.

"앗, 누구냐? ……. 네놈은 도대체 누군데 날 공격하는 거야? 사람을 잘못 본 것이 아니냐?"

세 번째 공격까지 실패한 사내는 어깨를 들썩이며 숨을 몰아쉬고 있었다. 그는 자신의 전법이 실패한 것을 깨닫고 칼을 중단으로 겨눈 채 한 발 한 발 다가오고 있었다.

"닥쳐라! 잘못 볼 리가 없다. 나는 히라카와텐진平河天神 신사의 경내에 사는 오바타 간베에 가게노리小幡勘兵衛景憲의 제자 호조 신조北条新蔵다. 이제 누군지 알겠지?"

"흠, 오바타의 제자였군."

"스승님을 욕보인 것도 모자라 같은 문하의 벗들까지 무참히 죽였겠다!"

"그것은 무사에겐 항상 있는 일, 패한 게 억울하다면 언제든 덤벼라. 이 사사키 고지로는 도망이나 치는 비겁한 무사가 아니다."

"오냐, 죽고 싶은 게로구나!"

"날 이길 수 있을까?"

"두고 보면 알겠지!"

한 자, 두 치, 세 치. 조금씩 다가오는 적을 응시하면서 고지로는 가슴을 펴고 오른손을 허리에 찬 칼로 가져갔다.

"오너라!"

고지로의 유인에 신조가 경계심을 품은 찰나 고지로의 몸이, 아니 상반신만이 휙 꺾이며 팔이 반원을 그리는가 싶더니 "철커덕!" 하고 다음 순간 그의 칼은 이미 그의 칼집 속에 들어가 있었다.

칼날이 칼집을 빠져나갔다가 다시 칼집에 들어간 것은 육안으로 볼 수 있는 속도가 아니었다. 다만, 가느다란 은빛 섬광 하나가 호조 신조의 목덜미 근처에서 번쩍 하고 빛을 발하며 닿았는지 닿지 않았는지조차 모를 정도였다.

그러나 신조는 아직 다리를 벌린 채 서 있었다. 피 같은 것은 어디에서도 흐르고 있지 않았다. 하지만 어떤 충격을 받은 것만은 사실이었다. 왜냐하면 칼은 여전히 중단을 겨눈 채 들고 있었지만, 왼손이 왼쪽 목덜미를 무의식적으로 누르고 있었기 때문이다.

"앗?"

고지로의 목소리인지, 뒤쪽의 어둠 속에서 난 목소리인지 분간이 가지 않았다. 고지로도 그 소리에 조금 당황했고, 어둠 속에서 달려오는 발소리도 그 소리와 함께 빨라졌다.

"어찌 된 일입니까?"

달려온 사람은 고스케였다. 고스케는 말뚝처럼 서 있는 사내의 자세가 조금 이상하다고 생각했는지 그를 부축하려고 했다.

그런데 그 순간 호조 신조의 몸이 썩은 나무가 쓰러지듯 뒤로 넘어갔다. 고스케는 양손에 갑자기 무게가 실리자 놀라면서 어둠 속을 향해 소리쳤다.

"앗! 칼을 맞았군. 누가 좀 와주시오! 지나가는 나그네든, 근처에 사는 사람이든 아무나 좀 와주시오. 여기 사람이 칼에 맞았소!"

그 목소리와 함께 신조의 목덜미에서 실처럼 가는 상처가 빨간 입을 벌리더니 고스케의 가슴과 목덜미에 미적지근한 액체를 쫙쫙 뿌리기 시작했다.

마음 조각

1

  툭, 이따금 어두운 안마당에서 설익은 매실이 떨어지는 소리가 났다. 무사시는 등잔불을 마주하고 몸을 웅크린 채 얼굴도 들지 않았다.

  가물거리는 작은 불빛은 옆에서 고개를 숙이고 있는 그의 파르스름한 사카야키月代(남자가 관冠이 닿는 이마 언저리의 머리카락을 반달 모양으로 미는 것. 또는 그 부분)를 선명하게 비추고 있었다. 그의 머리카락은 억세 보였다. 그리고 기름기가 없고 조금 붉은 기가 돌았다. 또 자세히 보면 모근에는 큰 뜸 자국 같은 상처가 있었다. 어렸을 때 앓았던 종기 자국이다.

  "이렇게 키우기 힘든 아이가 또 있을까?"

  어머니의 속을 무던히도 태우던 천둥벌거숭이 같은 성격은 여전했다.

그는 지금 마음속에서 문득 어머니를 떠올리고, 칼끝으로 파고 있는 조각상의 얼굴이 점점 어머니를 닮아가고 있다고 생각했다.

"……"

방금 전, 2층 장지문 밖에서 이 집 주인인 고스케가 들어오기를 꺼려하며 말했다.

"아직도 주무시지 않습니까? 지금 가게에 사사키 고지로라는 자가 와서 만나 뵙고 싶다고 하는데 만나시겠습니까, 아니면 주무신다고 할까요? ……어떻게 할까요? ……어떻게 하든 마음 내키는 대로 하시지요."

고스케가 두세 번 문밖에서 이렇게 물은 것 같았는데, 무사시는 대답을 했는지 안 했는지조차 기억이 나지 않았다.

그러던 중 고스케는 무슨 소리를 들었는지 홀연히 어디론가 나가는 기색이었는데, 그래도 무사시는 개의치 않고 여덟아홉 치 정도의 나무 조각에 몰두해 있었다. 무릎과 몸 주변, 옆에 있는 작은 책상에는 나무 부스러기가 너저분하게 떨어져 있었다.

그는 관음상을 조각하고 있었다. 고스케에게서 받은 이름 없는 명검의 대가로 관음상을 조각해서 주기로 약속했기 때문에 어제 아침부터 그것에 매달려 있었던 것이다.

그런데 철두철미한 성격의 고스케는 자신이 의뢰한 것에 대해 특별한 요구를 했다.

"이왕에 무사시 님이 직접 파주시는 것이니 제가 여러 해 동안 특별히 보관하고 있던 오래된 목재로 만들어주십시오."

고스케가 조심스럽게 꺼내온 것을 보니 과연 그것은 적어도 600~700년은 되어 보이는 한 자 정도의 목침 모양으로 네모나게 자른 나무토막이었다. 무사시는 이렇게 오래된 나무토막이 왜 그리 소중한지 의아했지만, 그의 이야기를 들어보니 이것은 가와치河內(현재의 오사카 동부 주변)의 이시카와 군石川郡 히가시조東条에 있는 시나가磯長 영묘靈廟에 사용된 덴표天平 시대(729~749)의 고목재인데, 오랫동안 버려져 있던 쇼토쿠 태자聖德太子의 능을 보수할 때 그 기둥을 교체하던 절의 중과 목수가 부주의하게 그 기둥을 쪼개서 장작으로 쓰려고 가져가는 것을 여행 중이던 고스케가 발견하고 너무 아까워서 한 자 정도 잘라 받아왔다는 것이었다.

무사시는 나뭇결이 좋고 칼질의 감촉도 좋았지만, 고스케가 아끼는 나무일 뿐만 아니라 잘못 파기라도 하면 대체할 나무가 없다고 생각하자 여간 긴장이 되는 것이 아니었다.

끼익! 밤바람이 마당의 사립문을 흔들고 지나갔다.

"……?"

무사시는 고개를 들었다.

"혹시 이오리가 아닐까?"

그리고 중얼거리면서 귀를 기울였다.

2

걱정하고 있는 이오리가 돌아온 것은 아니었다. 또 뒷문이 열린 것도 바람 때문이 아닌 듯했다.

주인인 고스케가 고함을 치고 있었다.

"서둘러, 이 여편네야! 뭘 그렇게 멍청하게 보고 있어? 촌각을 다툴 정도로 중상을 입었다고. 빨리 치료하면 살 수 있을지도 몰라. 자리? 어디든 상관없으니까 빨리 조용한 곳으로……."

고스케 외에 부상자를 메고 따라온 사람들도 소리쳤다.

"상처 부위를 씻을 소주는 있소? 없으면 내가 집에 가서 가져오겠소."

"의원은 내가 가서 불러오리다."

사람들이 잠시 그렇게 소란을 떠는 듯하더니 이윽고 잠잠해진 틈을 타서 고스케가 말했다.

"여러분, 고맙습니다. 여러분 덕택에 목숨은 건질 것 같으니 안심하고 돌아가서 주무십시오."

고스케의 말을 듣고 무사시는 아무래도 고스케의 가족 중에 한 명이 불의의 사고를 당한 모양이라고 생각했다. 무사시는 그냥 모른 척하고 있을 수 없어서 무릎 위의 나무 부스러기를 털어내고 2층 계단을 내려갔다. 그리고 복도 맨 끝에 있는 방에서 불빛이 새어나오는 것을 보고 가서 들여다보니 중상을 입은 사람의 머리맡에 고스케 부부가 앉아 있었다.

"아, 아직 주무시지 않았군요."

고스케가 뒤를 돌아보며 슬쩍 자리를 내주자 무사시도 조용히 부상자의 머리맡에 앉았다.

"누굽니까?"

등불에 비친 부상자의 창백한 얼굴을 내려다보면서 묻자 고스케는 놀란 표정을 지으며 말했다.

"저도 놀랐습니다……. 처음엔 누군지도 모르고 구했습니다만, 집에 데리고 와서 보니 글쎄 제가 가장 존경하는 고슈류甲州流의 군사학자이신 오바타 선생님의 제자였습니다."

"음, 이분이?"

"예. 호조 신조라고 호조 아와노카미北条安房守의 아드님인데 군사학을 배우기 위해서 오바타 선생님을 오랫동안 모시고 있는 분입니다."

"흠."

무사시는 신조의 목에 감겨 있는 하얀 천을 살짝 젖혀보았다. 방금 소주로 씻어낸 상처에는 날카로운 칼로 도려낸 듯한 조개 살점만 한 칼자국이 있었다. 불빛에 비친 움푹 팬 상처는 담홍색 경동맥까지 보일 정도로 선명했다.

호조는 말 그대로 머리카락 한 올 차이로 간신히 목숨을 건졌다고 할 수 있었다. 그렇다 하더라도 이렇게 정교하고 날카롭게 벨 수 있는 칼솜씨를 지니고 있는 자는 대체 누굴까?

상처로 봐서는 칼이 밑에서 올라와서 흡사 제비꼬리처럼 선회하며 벤 듯했다. 그렇지 않고서야 이렇게 정확하게 경동맥을 노리고 조개 살점을 베어내듯 벨 수가 없었다.

'제비 베기!'

문득 무사시는 사사키 고지로가 장기로 삼고 있는 검술을 떠올렸다. 순간, 무사시는 아까 고스케가 자신의 방 밖에서 한 말이 떠올랐다.

"어찌 된 일인지 알고 있습니까?"

"아뇨, 아직 아무것도."

"그렇겠지요. 하지만 누구인지는 알겠소. 아무튼 이 사람이 회복된 뒤에 어떻게 된 일인지 물어보면 알겠지만, 상대는 사사키 고지로로 보입니다."

무사시는 그렇게 말하고 자신의 말에 고개를 끄덕였다.

3

방으로 돌아온 무사시는 어질러져 있는 나무 부스러기 위에 팔베개를 하고 누웠다. 잠자리가 깔려 있었지만 이불 속으로 들어갈 기분이 아니었다.

오늘로 이틀째, 이오리는 아직 돌아오지 않았다.

길을 잃고 헤매었다고 해도 시간이 너무 오래 걸린다. 심부름을 보낸 곳이 야규 가이고, 또 기무라 스케쿠로라는 지인도 있기 때문에 놀다 가라고 하자 어린 이오리가 무작정 놀고 있을지도 모른다.

그래서 무사시는 걱정은 하면서도 그다지 크게 마음을 쓰지는 않았다. 오히려 그보다도 어제 아침부터 파기 시작한 관음상 조각에 몰두하다 보니 심신이 다소 피곤한 듯했다.

무사시는 관음상 조각에 관한 기술을 터득하고 있는 장인은 아니다. 또 영리하게 도망치는 방법이나 교묘하게 기술을 부려 속이는 방법도 모른다.

다만, 그의 마음속에는 그만이 그리고 있는 관음상이 있었다. 그는 그 마음속의 형상을 딴 생각 않고 나무로 깎으려는 것에 지나지 않았지만, 그 진지함이 손에 이르고 칼끝의 움직임으로 오는 동안 이런저런 잡념이 그 마음의 형상을 흐트러뜨리는 것이었다.

그래서인지 그는 나무토막이 관음의 형상을 띠기 시작하면 그것을 깎다가 뭉개고는 다시 깎고 뭉개기를 몇 번이나 되풀이했다. 그러는 사이에 덴표 시대의 고목재는 어느새 여덟 치로 줄어들고 다섯 치 정도로 가늘어지더니 이젠 불과 세 치 정도로 작아지고 말았다.

두견새 울음소리가 두 번쯤 들리는 동안 무사시는 반 시진가량 깜빡 잠을 잤다. 문득 눈을 뜬 그는 머릿속 구석구석 쌓여 있던 피로까지 깨끗이 가신 듯했다.

'이번에야말로 반드시……'

무사시는 눈을 뜨자마자 이렇게 마음먹었다. 뒤편의 우물에 가서 세수를 하고 입을 헹궜다. 그리고 등잔불을 켜고 마음을 다잡으며 다시 조각칼을 잡았다.

스걱, 스걱, 스걱……. 잠자기 전과 자고 난 후는 칼질하는 느낌마저 다르다. 고목재의 새로 드러난 나뭇결엔 천 년 전의 문화가 자그마한 소용돌이를 그리고 있었다. 더 이상 잘못 깎았다가는 이 귀중한 고목재가 다시는 나무 부스러기에서 한 토막의 목재로 돌아올 일은 없을 것이다. 어떻게든 오늘 밤 안에 원하는 모양으로 깎아야만 한다.

검을 들고 적과 마주 섰을 때처럼 그의 눈은 형형하게 빛나고 있었고, 칼에는 모든 혼이 실려 있었다.

허리를 펴지도 않는다. 물도 마시러 가지 않는다. 밤이 새는 줄도, 새가 지저귀기 시작하는 것도, 또 이 집의 문이 그의 방을 제외하곤 모두 활짝 열린 것도 전혀 모른 채 그는 삼매경에 빠져 있었다.

"무사시 님."

어떻게 됐는지 걱정이 돼서 온 듯한 고스케가 뒤에서 들어오

257

공간의 권 下

자 그는 그제야 허리를 폈다.

"아아, 틀렸어."

무사시는 칼을 내던지며 말했다. 고스케가 보니 너무 깎아서 홀쭉해진 나무토막은 본래의 모습에서 엄지손가락 정도도 남아 있지 않고 모두 나무 부스러기가 되어 무사시의 무릎 주위에 눈처럼 쌓여 있었다.

고스케는 눈을 크게 뜨면서 물었다.

"틀렸습니까?"

"틀렸소."

"덴표의 고목재는?"

"다 깎아버렸습니다. 아무리 깎아도 나무 속에서 보살의 형상이 나오지 않았소."

무사시는 그렇게 탄식하더니 보리菩提와 번뇌의 중간에서 지상으로 내동댕이쳐진 것처럼 양손을 머리 뒤로 가져가 깍지를 끼고 벌렁 드러누웠다.

"틀렸소. 이제부터 잠시 참선이나 해야겠소."

무사시는 잠을 자기 위해 눈을 감았다.

그런데 그제야 겨우 이런저런 잡념이 사라지고 편안해진 머릿속에 그저 '공空'이라는 한 글자만이 둥실둥실 떠다니는 것이었다.

4

새벽길을 나서는 손님들이 수선을 피우며 토방에서 나갔다. 대부분이 거간꾼들이었다. 닷새 동안 섰던 마시장이 어제부로 파장하여 이곳 여인숙도 오늘부터는 한가해질 것 같았다.

이오리는 이날 아침 여인숙에 돌아와서 곧장 2층으로 올라갔다.

"얘, 꼬마야."

여인숙 여주인이 계산대에서 급히 불렀다.

"왜요?"

이오리는 사다리 계단 중간에서 고개를 돌려 내려다보았다.

"어디로 가는 거니?"

"저요?"

"그래."

"제 스승님이 2층에 묵고 계셔서 2층에 가는데 뭐가 잘못되었나요?"

여주인은 어이없는 표정으로 물었다.

"대체 너는 언제 여길 나갔었니?"

"글쎄요."

이오리는 손가락을 꼽아보더니 말했다.

"그제 전날일걸요."

"그럼, 그끄저께가 아니냐."

"맞아요."

"야규 님 댁에 심부름을 간다더니 이제 돌아온 거니?"

"예, 그래요."

"대답 한 번 잘하는구나. 야규 님 댁이 딴 데도 아니고 같은 에도 안에 있는데."

"아줌마가 고비키초라고 가르쳐줘서 헛고생만 했잖아요. 거긴 곳간 건물이고 사는 데는 아자부 마을의 히가쿠보더라고요."

"어쨌든 사흘이나 걸릴 곳은 아니지 않니? 여우에게라도 홀렸나 보구나."

"어떻게 알았어요? 아줌마 혹시 여우랑 친척이세요?"

이오리가 놀리면서 사다리를 올라가려고 하자 여주인이 다시 이오리를 급히 불러 세웠다.

"애, 이제 네 스승님은 여기에 안 계셔."

"거짓말."

이오리는 여주인의 말을 믿지 않고 뛰어 올라갔다가 금방 시무룩한 표정으로 내려와서 물었다.

"아줌마, 스승님이 다른 방으로 옮기셨나요?"

"벌써 떠나셨다는데도 의심이 많은 애로구나."

"예? 정말요?"

"거짓말 같으면 장부를 보렴. 여기 이렇게 계산을 한 걸로 나와 있잖아."

"왜, 왜요? 어째서 내가 돌아오지도 않았는데 떠나신 거죠?"

"네가 너무 늦게 왔기 때문이겠지."

"그래도……."

이오리는 울상이 되었다.

"아줌마, 스승님이 어디로 가셨는지 몰라요? 무슨 말이라도 남기지 않았나요?"

"아무 말도 듣지 못했다. 분명 너 같은 애를 데리고 다녀봐야 아무 도움이 안 되니까 버리고 간 거겠지."

이오리는 안색이 변해서 거리로 뛰어나갔다. 그리고 사방을 둘러보다 하늘을 올려다보며 소똥 같은 눈물을 뚝뚝 흘렸다. 그 모습을 보고 여주인은 참빗으로 머리를 빗으며 깔깔 웃었다.

"거짓말이야, 거짓말. 네 스승님은 바로 앞에 있는 칼 가는 집 2층으로 옮기셨다. 거기 계실 테니 울지 말고 가 보거라."

여주인이 이번엔 사실대로 가르쳐주자 그 말이 끝나기가 무섭게 이오리는 여주인이 있는 계산대로 말 짚신을 집어던졌다.

5

이오리는 자고 있는 무사시의 발치에 조심조심 무릎을 꿇고 앉았다.

"다녀왔습니다."

이오리를 방으로 안내한 고스케는 곧장 발소리를 죽이며 안채의 병실로 간 듯했다. 어쩐지 집 안 분위기가 음침했다. 이오리도 그것은 느낄 수 있었다. 게다가 자고 있는 무사시 주위에는 나무 부스러기들이 잔뜩 어질러져 있었고, 기름이 다 된 등잔도 그대로 놓여 있었다.

"다녀왔습니다……."

이오리는 꾸중을 들을까 봐 걱정되어서 목소리가 제대로 나오지 않았다.

"누구냐?"

잠에서 깬 무사시가 물었다.

"이오리입니다."

그러자 무사시는 곧장 몸을 일으키더니 발치에서 무릎을 꿇고 있는 이오리가 무사한 것을 보고 안심한 듯했다.

"이오리냐?"

그러고는 아무 말도 하지 않았다.

"늦었습니다."

그래도 무사시가 아무 말이 없자 이오리가 말했다.

"죄송합니다."

이오리가 잘못했다고 해도 무사시는 별다른 질문을 하지 않고 허리끈을 고쳐 매더니 방에서 나가며 말했다.

"창문을 열고 방을 청소하거라."

"예."

이오리는 빗자루를 빌려와 방을 청소하기 시작했지만, 여전히 걱정이 되어서 무사시가 뭘 하러 갔는지 뒷마당을 내려다보자 그는 우물가에서 입을 헹구고 있었다.

우물가 주위에는 아직 익지 않은 매실이 떨어져 있었다. 이오리는 그것을 보자마자 소금에 절여서 먹던 맛이 떠올랐다. 그리고 그것을 주워 절여두면 1년 내내 매실장아찌로 반찬 걱정이 없을 텐데 왜 여기 사람들은 그러지 않는지를 생각했다.

"고스케 님. 다친 분의 용태는 어떤지요?"

무사시는 얼굴을 씻으면서 뒷마당 끝에 있는 방을 향해 말을 건넸다.

"꽤 안정된 듯합니다."

고스케의 목소리도 들렸다.

"피곤하실 텐데 나중에 좀 교대를 할까요?"

무사시가 말하자 고스케는 괜찮다고 하면서 의논을 했다.

"흐음, 이 일을 히라카와텐진 신사의 오바타 님께 알리려고 하는데 마땅히 갈 만한 사람이 없어서 어떻게 할지 고민하던 참입니다만."

무사시는 그렇다면 자기가 가든지 이오리를 보내겠다고 하

고 얼마 후에 2층 방으로 올라와 보니 방은 벌써 말끔히 치워
져 있었다.

무사시는 자리에 앉으며 이오리를 불렀다.

"이오리."

"예."

"갔던 일은 어떻게 되었느냐?"

혼이 날 줄 알고 지레 겁을 먹고 있던 이오리는 그제야 미소
를 지으며 품속에서 편지 한 통을 꺼내더니 득의양양한 표정으
로 말했다.

"심부름을 완수했습니다. 그리고 야규 님 댁에 계시는 기무라
스케쿠로 님의 답장을 받아왔습니다."

"어디……."

무사시가 손을 내밀자 이오리는 무릎걸음으로 다가와서 편
지를 건넸다.

6

기무라 스케쿠로의 답장에는 대략 이런 내용이 적혀 있었다.

어려운 청을 하신 줄은 알지만, 야규류는 쇼군 가의 오토메

류お止流(야규류는 쇼군 가의 사범을 맡고 있기 때문에 다른 유파와의 결투는 일절 금한다는 것을 오토메류라고 불렀다). **어느 누구와도 공식적인 결투는 허용되지 않습니다.**

그러나 결투를 하기 위해서가 아니라면 경우에 따라서는 주군인 다지마노카미 님이 도장에서 인사를 하실 수도 있습니다. 또 굳이 야규류의 진수를 체험하고 싶으시면 야규 효고 님과 대련을 하는 게 가장 좋은데, 공교롭게도 효고 님은 고향에 계신 세키슈사이 님께서 병환이 재발하셔서 어제 급히 야마토로 떠나셨습니다. 심히 유감이지만 사정이 이러하니 다지마노카미 님 댁 방문은 후일을 기약하는 것이 좋을 듯합니다.

그리고 편지 말미에 이런 추신이 붙어 있었다.

그때는 다시 본인이 주선을 하겠습니다.

"……"

무사시는 미소를 띠며 긴 두루마리를 둘둘 말았다. 이오리는 무사시의 미소를 보고 그제야 마음이 놓인 듯 꿇고 있던 무릎을 쭉 펴더니 수다를 떨기 시작했다.

"스승님, 야규 님의 저택은 고비키초가 아니었어요. 아자부의 히가쿠보라는 곳인데 굉장히 크고 으리으리한 집이었어요. 그리고 말이죠, 기무라 스케쿠로 님이 맛있는 음식을 이것저것 주셨어요."

"이오리."

무사시의 표정이 다소 엄해지자 이오리는 황망히 다시 다리를 오므리며 대답했다.

"예."

"길을 잃었다 치더라도 오늘로 사흘째인데 너무 늦은 것이 아니냐? 왜 이리 늦었느냐?"

"아자부 산에서 여우에게 홀렸어요."

"여우에게?"

"예."

"들판의 외딴집에서 자란 네가 어쩌다 여우에게 홀렸느냐?"

"저도 모르겠어요. 그렇지만 반나절과 하룻밤을 여우에게 홀려서 어디를 헤매고 다녔는지 지금도 생각나지 않아요."

"흐음. 이상한 일이구나."

"정말 이상한 일이에요. 지금까지 여우 따위는 아무것도 아니라고 생각했는데, 시골보다 에도의 여우가 더 사람을 잘 홀리나 봐요."

"그런가 보구나."

이오리가 진지한 얼굴로 그렇게 말하는 모습을 보자 무사시도 야단칠 마음이 사라진 듯했다.

"혹시 네가 무슨 나쁜 장난을 친 건 아니고?"

"아니요. 그냥 여우가 따라오기에 홀리기 전에 조심해야겠다 싶어서 다린지 꼬린지 모르겠지만 칼로 내려쳤는데 그 여우가 복수를 한 것 같아요."

"그게 아니다."

"그게 아니라니요?"

"네 마음을 흐리게 한 것은 눈에 보이는 여우가 아니라 눈에 보이지 않는 네 마음이다. 곰곰이 생각해보고 내가 돌아오면 그 이치를 풀어서 답해보거라."

"예. ……그런데 스승님은 어디 가십니까?"

"고지마치麴町에 있는 히라카와텐진에 다녀오마."

"오늘 밤 안으로 돌아오시는 거죠?"

"하하하, 나도 여우한테 홀리면 사흘이 걸릴지도 모르겠구나."

이번에는 무사시가 이오리를 남겨놓고 비구름이 낀 하늘을 올려다보며 밖으로 나갔다.

기울어가는 문

1

히라카와텐진 신사가 있는 숲은 매미 소리에 휩싸여 있었다. 어디선가 올빼미 소리도 들렸다.

"여기구나."

무사시는 걸음을 멈췄다. 낮달 아래에 고즈넉한 건물 한 채가 서 있었다.

"계십니까?"

무사시는 현관에 서서 우선 이렇게 불러보았다. 마치 동굴을 향해 말하는 것처럼 자신의 목소리가 귓가로 메아리쳐 돌아온다. 그 정도로 인기척이 없었다.

잠시 후 안쪽에서 발소리가 들리기 시작했다. 이윽고 그의 앞에 무사로는 보이지 않는 한 청년이 칼을 들고 나타나 앞을 가로막으며 물었다.

"누구십니까?"

나이는 스물네댓 살, 젊지만 머리부터 발끝까지 언뜻 보기에 무위도식하며 자란 사람 같지는 않았다.

무사시는 자신의 이름을 밝히고 물었다.

"오바타 간베에 님의 오바타 도장이 여깁니까?"

"그렇습니다."

청년은 무뚝뚝하게 대답했다. 다음은 필시 무사시가 자신을 검술 수련을 위해 전국 각지를 유랑하는 자라고 소개할 것이 틀림없다고 단정 짓고 있는 모습이었지만 무사시는 전혀 다른 말을 했다.

"이 댁의 제자 중에 호조 신조라는 분이 사정이 있어서 칼을 가는 고스케의 집에서 요양하고 있습니다. 이에 고스케의 부탁을 받고 알려드리러 왔습니다."

"예? 호조 신조가 되레 당했다는 말씀입니까?"

청년은 크게 놀랐지만 이내 마음을 가다듬고 말했다.

"실례했습니다. 저는 간베에 가게노리의 외아들인 오바타 요고로小幡余五郎입니다. 이렇게 일부러 알려주러 오시고 대단히 감사합니다. 문간방에서라도 잠시 쉬었다 가시지요."

"아닙니다. 말씀을 전해드렸으니 바로 가 보겠습니다."

"그런데 신조는 생명에 지장이 없습니까?"

"오늘 아침이 되자 다소 차도가 있는 듯합니다. 데리러 오셔도 지금 당장은 움직일 수 없으니 당분간은 고스케의 집에 있는 것이 좋을 듯합니다."

"모쪼록 고스케에게도 잘 부탁한다고 전해주십시오."

"예, 그렇게 전하겠습니다."

"실은 아버님께서도 아직 병상에서 일어나지 못하고 계신데, 아버님을 대신해서 사범을 맡은 호조 신조가 작년 가을부터 모습을 감추는 바람에 이렇듯 강당 문을 닫은 채로 사람의 손길이 끊긴 상태이니 부디 헤아려주시길 바랍니다."

"그런데 사사키 고지로와는 무슨 원한을 진 겁니까?"

"제가 부재중에 생긴 일이라 자세히는 모르지만, 병중이신 아버님을 모욕해서 문하생들이 분을 품고 여러 번 그를 치려고 했으나 오히려 그에게 당하기만 해서 결국 호조 신조가 결심을 하고 도장을 떠난 뒤 줄곧 고지로를 칠 기회를 노리고 있었던 모양입니다."

"그렇군요. 이제야 경위를 알게 되었습니다. 그러나 한 가지 충고를 하자면 사사키 고지로를 상대로 싸울 생각은 하지 마십시오. 그는 칼로도 싸워서 이길 수 없고, 책략으로는 더더욱 이길 수 없는 상대입니다. 결국 칼은 물론이고 말이나 책략이 모두 뛰어난 사람이 아니면 그와 칼을 섞어서는 안 됩니다."

무사시가 고지로의 비범한 면면을 들어 칭찬하자 젊은 요고로의 눈에는 불쾌한 기색이 역력했다. 무사시는 그것을 느끼고 다시 한 번 당부하듯 말했다.

"자만하는 자는 자만하도록 내버려두는 것이 상책입니다. 작은 원한으로 큰 화를 초래해서는 안 됩니다. 호조 신조가 당했다고 해서 그럼, 내가 나서겠다며 똑같은 전철을 밟지 마시길 바랍니다. 어리석은 짓입니다. 그것이야말로 정말 어리석은 짓입니다."

무사시는 그렇게 충고를 하고 문 앞에서 바로 돌아갔다.

2

무사시가 돌아간 후 요고로는 벽에 기댄 채 혼자 팔짱을 끼고 있었다. 입술이 파르르 떨리며 신음이 흘러나왔다.

"분하게도 신조마저 당했단 말인가……."

그는 공허한 눈으로 천장을 바라보았다. 넓은 강당과 안채는 인기척이라곤 찾아볼 수 없을 정도로 적막에 싸여 있었다.

여행에서 돌아왔을 때 신조는 이미 없었다. 단지 자신에게 남긴 유서만이 있었다. 유서에는 반드시 사사키 고지로를 죽이고 돌아오겠다고 쓰여 있었다. 만일 죽이지 못한다면 이번 생에서 자신을 볼 일은 없을 것이라고 했다.

바라지 않던 그 일이 지금은 사실이 되어버렸다.

신조가 사라진 이후로 군사학 수업도 자연스레 중지되었고, 세상의 여론도 고지로로 돌아서서 이 도장을 다니는 사람들을 비겁자로 보거나 이론만 있고 실력은 없는 인간들이라고 나쁘게 말하곤 했다.

처음엔 그런 말들에 개의치 않던 자들도 부친인 간베에 가게노리가 병상에 누워 있는 것과 고슈류가 쇠퇴의 길을 걷고 있는 것을 보고는 나가누마류長沼流로 옮겨가거나 어느 순간부터 발길을 끊어버려서 근래에는 두세 명의 제자들밖에 남아 있지 않았다.

'아버님께는 말씀드리지 말자.'

그는 그렇게 마음을 굳혔다.

'뒷일은 나중에 생각하자'

어쨌든 지금은 중병을 앓고 있는 부친을 치료하는 일에 전념하는 것이 자식 된 도리라고 생각했다. 그러나 의원은 병이 나을 가망은 거의 없다고 했다. 그 역시 나중에 생각할 일이라고 여기고 있었지만 가슴속에서는 서러움이 복받쳤다.

"요고로! 요고로!"

안쪽 병실에서 부친의 목소리가 들렸다.

아들의 눈에는 당장이라도 숨을 거둘 것처럼 위태로워 보이는 아버지도 아들을 부를 때의 목소리만큼은 병자라 생각할 수 없을 정도로 힘이 있었다.

"예!"

요고로는 황급히 뛰어갔다.

"부르셨습니까?"

무릎을 꿇고 앉아서 보니 병자는 갑갑증이 날 때마다 그러듯 자신의 손으로 창문을 열고 베개에 몸을 기댄 채 앉아 있었다.

"요고로."

"예, 여기 있습니다."

"방금 무사 한 명이 왔다 가지 않았느냐? 이 창문으로 뒷모습만 봤다만."

요고로는 아버지가 신조의 일을 이미 알고 있는 것 같아 조금 당황했다.

"예……. 그게…… 방금 심부름을 온 자 말입니까?"

"심부름이라니, 어디서?"

"호조 신조에게 다소 사정이 있어서 그것을 전하러 온 미야모토 무사시라는 사람입니다."

"흠, 미야모토 무사시라……. 에도 사람은 아닌 듯하구나."

"사쿠슈의 낭인이라고 하던데, 아버님께선 뭐 짚이는 거라도 있으십니까?"

"아니다."

간베에 가게노리는 하얀 수염이 성기게 자란 턱을 세차게 저으며 말했다.

"아무런 인연도 없고 만난 기억도 없다. 하지만 난 젊어서부터 이 나이가 되도록 수많은 전쟁터는 물론이고 평소에도 많은 사람들을 만나봤지만, 아직 진정한 무사다운 무사를 만난 적은 한 번도 없다. 그런데 방금 돌아간 그 무사에게는 어쩐지 마음이 끌리더구나. 만나고 싶다. 꼭 그 미야모토 님이라는 분을 만나서 이야기를 나누고 싶구나. 요고로, 곧장 쫓아가서 이리로 모시고 오너라."

3

너무 오래 말을 해도 안 된다고 의원으로부터 주의를 받은 병자다.

무사시를 불러오라며 약간 흥분한 기색을 보인 것만으로도 요고로는 아버지의 용태에 이상이 생긴 건 아닐까 하고 걱정이 앞섰다.

"알겠습니다."

일단 아버지에게 대답은 했지만 그는 바로 일어서려 하지 않고 물었다.

"그런데 아버님, 지금 그 무사의 어떤 점에 그렇게 마음이 끌리셨습니까? 이 방의 창문에서 뒷모습만 보셨다면서요?"

"너는 아직 모른다. 그걸 알게 될 때가 되면 너도 나처럼 엄동설한의 고목이 다 되었을 것이다."

"그래도 뭔가 이유가 있을 게 아닙니까?"

"없지는 않지."

"말씀해주십시오. 제게 공부가 될 것입니다."

"그는 나에게, 병든 나에게조차, 방심한 모습을 보이지 않고 갔다. 그게 대단하다고 생각한다."

"그가 아버님이 이 방에 계신다는 사실을 알 리가 없지 않습니까?"

"아니, 알고 있었다."

"어떻게 말입니까?"

"그는 문을 들어올 때 일단 그곳에서 걸음을 멈추고 이 집의 구조와 열려 있는 창문과 닫혀 있는 창문, 그리고 마당의 샛길 등등을 구석구석 살펴보더구나. 그런데 그 모습이 조금도 부자연스럽지가 않았고, 오히려 예의 바른 몸가짐이었어. 나는 창 너머로 그것을 보고 범상치 않은 자가 왔다고 놀랐던 것이다."

"그럼, 방금 그 무사시란 자가 그토록 수련이 깊은 무사라는 말씀입니까?"

"이야기를 나눠보면 필시 끝없이 이야기를 나눌 수 있을 것이다. 어서 가서 모셔 오너라."

"하지만 몸에 해롭지 않겠습니까?"

"난 오랫동안 그런 지기를 기다리고 있었다. 내 군사학은 자식에게 전하기 위해 쌓아온 것이 아니야."

"아버님께서는 늘 그렇게 말씀하셨지요."

"고슈류라고는 하지만 이 간베에 가게노리의 군사학은 단지 고슈 무사의 진법만 넓힌 것이 아니다. 신겐信玄 공, 겐신謙信 공, 노부나가 공 등이 패권을 다투던 그 시절과는 시대가 달라졌다. 학문의 사명 역시 달라졌어. 내 군사학은 어디까지나 오바타 간베에류의, 앞으로의 평화를 구축해가기 위한 군사학이다. 아아, 그것을 누구에게 전수할 수 있단 말이냐."

"……."

"요고로."

"……예."

"너에게 전수하고 싶은 마음은 태산 같지만, 너는 방금 그 무사와 얼굴을 마주했으면서도 아직 상대의 기량조차 짐작하지 못할 정도로 미숙하다."

"면목이 없습니다."

"부모의 호의적인 눈에도 그 정도라면 내 군사학을 전수할 까닭이 없구나. 차라리 다른 응당한 자에게 전수해서 너의 후사를 부탁하려고 나는 남몰래 그런 인물을 기다리고 있었던 참이다. 꽃이 지려고 할 때는 필연적으로 꽃가루를 바람에 맡기고 지게 마련이거늘……."

"아, 아버님. 꽃이 지지 않도록 부디 건강을 살펴십시오."

"바보 같은 소리 마라. 바보 같은 소리 마."

그는 같은 말을 두 번 되풀이하더니 요고로를 재촉했다.

"어서 모시고 오너라."

"예."

"혹여 실례가 되지 않도록 내 뜻을 소상히 전하고 모시고 와야 한다."

"예."

요고로는 서둘러 문 밖으로 뛰어나갔다.

4

요고로가 쫓아가 보았지만 무사시의 모습은 어디에도 보이지 않았다.

히라카와텐진 근처를 찾아보고 마을 거리까지 나가 보았지만 역시 보이지 않았다.

"어쩔 수 없지. 또 기회가 있겠지."

요고로는 곧 체념했다. 그는 아직도 부친의 말처럼 무사시가 그 정도로 뛰어난 사람이라고는 생각하지 않았다. 나이도 자기 또래로 보이는 그가 설령 어느 정도 재능이 있다고 해도 뻔한 수

준이겠거니 생각했다.

게다가 무사시가 돌아갈 때 했던 말도 머릿속 어딘가에 맺혀 있는 듯한 느낌이었다.

'사사키 고지로를 상대로 싸운다는 것은 어리석은 짓이다. 고지로는 평범한 자가 아니다. 작은 원한은 버리는 게 낫다.'

그 말은 요고로에게 마치 일부러 고지로를 칭찬하러 온 듯한 인상을 주었다.

'당치도 않아.'

당연히 요고로의 마음속에선 이런 생각이 들었다. 또 고지로에게 갖고 있는 마음과 마찬가지로 무사시에 대해서도 가볍게 생각하고 있었다. 아니, 아버지의 말이야 고분고분 듣고 있었지만 마음 한구석에서는 '저 역시 아버님이 그렇게 업신여길 만큼 미숙하지 않습니다.'라고 중얼거릴 정도였다.

요고로도 아버지가 허락할 때마다 1년, 때로는 2년이나 3년을 무사 수련을 위해 각지를 돌아다니고, 다른 가문의 제자가 되기도 하고, 때로는 선가禪家에도 다니며 수련을 쌓아왔다고 자부하고 있었다. 그런데 아버지는 자신을 언제까지나 젖비린내 나는 아이처럼 보고 있었다. 그리고 우연히 창문 너머로 본 무사시 같은 풋내기를 과하게 칭찬하며 자신이 부족하다는 식으로 말했다.

'그만 돌아가자.'

요고로는 집으로 돌아오면서 문득 서글픈 마음이 들었다.

'부모란 언제까지나 자식이 어린아이처럼 보이는 걸까?'

언젠가는 그런 아버지에게 대견하다는 칭찬을 듣고 싶었다. 그러나 그의 아버지는 당장 내일을 기약할 수 없는 몸이었다. 그것이 서글펐다.

"오, 요고로 님. 요고로 님 아니십니까?"

누군가 그를 불렀다.

"아니, 이거."

요고로도 발길을 돌려 서로 다가갔다.

그를 부른 사람은 호소카와 가의 가신으로 근래에는 별로 볼 수 없었지만, 한때는 종종 강의를 들으러 온 나카토가와 한다유中戸川範太夫였다.

"큰 스승님의 병환은 좀 어떠십니까? 공무에 쫓겨 격조했습니다만."

"여전하십니다."

"아무래도 연세가 있으셔서. 아, 그리고 호조 신조 님이 또 당했다는 소문이 있던데."

"벌써 알고 계셨습니까?"

"오늘 아침에 한테이에서 들었습니다."

"어젯밤 일을 오늘 아침에 벌써 호소카와 가에서 들으셨단 말입니까?"

"사사키 고지로가 번의 중신인 이와마 가쿠베에 님 댁에 식객으로 있기 때문에 가쿠베에 님이 여기저기 말하고 다녔겠지요. 다다토시 공께서도 이미 알고 계신 듯합니다."

젊고 혈기왕성한 요고로는 냉정히 듣고 있을 수가 없었다. 그렇다고 해서 자신의 당황한 표정을 보이기도 싫었다. 태연하게 한다유와 헤어져 집으로 돌아왔지만, 그때 이미 요고로의 마음은 정해져 있었다.

귀가

1

이오리는 고스케의 아내가 환자를 위해 죽을 쑤고 있는 부엌을 들여다보며 말했다.

"아주머니, 벌써 매실이 노랗게 익었어요."

고스케의 아내는 아무 감흥도 없이 대꾸했다.

"그래, 익었구나. 매미도 울기 시작했고."

"아주머니는 왜 매실을 절여놓지 않아요?"

"식구도 적고, 매실을 그만큼이나 절이려면 소금도 많이 들잖니?"

"소금은 썩지 않아도 매실은 절여두지 않으면 썩잖아요? 식구가 적어도 전쟁이나 홍수에 대비해서 평소에 준비해두지 않으면 나중에 곤란할걸요? 아주머닌 환자를 돌보느라 바쁘시니 내가 절여줄게요."

"호호호, 너는 그런 것까지 걱정하니? 어린애 같지 않구나."

이오리는 벌써 광에 들어가서 빈 통을 마당으로 가지고 나와 매실나무를 올려다보고 있었다.

남의 집 살림꾼 아내에게 핀잔을 줄 성도로 어린아이답지 않은 지혜와 생활력을 갖추었는가 싶더니 나무에 매달려 맴맴 울고 있는 매미를 보고는 금방 넋을 잃고 만다.

이오리는 살그머니 다가가 매미를 잡았다. 매미가 그의 손바닥 안에서 노인의 비명처럼 울어댔다. 이오리는 자신의 주먹을 바라보며 이상한 감정에 휩싸였다. 매미에게는 피가 없을 텐데 매미의 몸뚱이는 자신의 손바닥보다 뜨거웠다.

'피가 없는 매미도 생사의 갈림길에서는 몸에서 불같이 뜨거운 열을 내뿜는가 보다.'

이오리는 이런 생각까지는 하지 못했지만, 문득 무서워지면서 매미가 가엾다는 생각이 들어 손을 높이 들고 주먹을 폈다.

매미는 이웃집 지붕에 한 번 부딪히더니 마을 한가운데로 날아갔다. 이오리는 바로 매실나무에 오르기 시작했다.

꽤 큰 나무였다. 무사히 자란 송충이가 놀라울 정도로 아름다운 털을 입고 기어가고 있었다. 무당벌레도 있었고, 푸른 잎사귀 뒤에는 청개구리 새끼도 찰싹 달라붙어 있었다. 작은 나비도 자고 있었다. 등에도 춤을 추고 있었다.

이오리는 인간 세상에서 멀리 떨어진 별세계를 보듯 정신없이 바라보고 있었다. 갑자기 나뭇가지를 흔들어서 곤충 나라의 신사숙녀를 놀라게 하는 것이 미안했는지도 모른다. 우선 엷게 물든 매실을 하나 따서 아삭 하고 깨물었다. 그리고 손과 가까운 나뭇가지부터 흔들기 시작했다. 매실은 곧 떨어질 것 같으면서도 쉽게 떨어지지 않았다. 그래서 손이 닿은 매실은 손으로 따서 밑에 놔둔 빈 통으로 던졌다.

"앗, 이놈!"

무엇을 보았는지 이오리가 갑자기 그렇게 소리를 치더니 집 옆의 골목으로 매실을 서너 개 던졌다. 울타리에 걸쳐놓았던 바지랑대가 그와 함께 큰 소리를 내며 땅으로 넘어졌다. 이어서 허둥지둥 뛰어가는 발소리가 골목에서 거리로 뛰어나갔다.

오늘도 무사시는 외출해서 집에 없었다. 작업장에서 칼을 가느라 여념이 없던 고스케가 대나무 창으로 얼굴을 내밀고 놀란 눈으로 물었다.

"지금 이게 무슨 소리냐?"

2

이오리는 나무 위에서 뛰어내리더니 작업장 창문을 향해 말했다.

"아저씨 골목 그늘진 곳에 또 수상한 남자가 와서 쪼그리고 있었어요. 매실을 던졌더니 놀라서 달아났지만, 방심하고 있다가는 또 올지도 몰라요."

고스케는 손을 닦으면서 밖으로 나오며 물었다.

"어떤 놈이더냐?"

"건달이었어요."

"한가와라의 부하인가?"

"요 전날 밤에도 저런 꼴로 가게에 몰려왔었죠?"

"도둑고양이 같은 녀석들이군."

"뭘 노리고 오는 걸까요?"

"안에 있는 부상자에게 복수를 하려고 오는 거겠지."

"신조 님이요?"

이오리는 신조가 있는 방을 돌아보았다.

신조는 죽을 먹고 있었다. 그의 상처는 이제 붕대를 풀어도 될 정도로 아물었다.

"주인 양반!"

신조가 부르자 고스케는 마루까지 걸어가서 물었다.

"좀 어떠십니까?"

신조는 밥상을 옆으로 치우고 고쳐 앉으며 말했다.

"고스케 님, 뜻하지 않게 신세를 졌소이다."

"천만의 말씀입니다. 일이 바빠서 제대로 돌봐드리지도 못했습니다."

"신세만 진 것이 아니라 날 노리는 한가와라의 부하들이 끊임없이 이 집을 엿보고 있는 터라 내가 이 집에 오래 머무를수록 폐만 더 될 것이고, 만약 그로 인해 이 집에 해가 끼친다면 그보다 더 송구한 일은 없을 것이오."

"그런 걱정은 하지 않으셔도 됩니다."

"아니오. 하여 몸도 이렇듯 회복되었으니 오늘로 작별을 고할까 하오."

"예? 떠나신다고요?"

"감사의 인사는 후일 다시 하도록 하지요."

"잠시만요. 오늘은 마침 무사시 님도 외출 중이시니 돌아오신 뒤에……."

"무사시 님께도 참으로 신세를 많이 졌으니 돌아오시면 잘 말씀해주시오. 이젠 이처럼 걷는 것도 전혀 불편하지 않소이다."

"하지만 한가와라의 건달들이 주로와 고로쿠의 원수를 갚겠다며 신조 님이 집에서 나오기만을 기다리고 있습니다. 그래서 매일 밤낮으로 저렇게 동태를 살피러 오고 있는데 그것을 알면서도 혼자 보내드릴 수는 없습니다."

"주로와 고로쿠를 벤 것은 정당한 이유가 있었기 때문이오. 그들이 앙심을 품은 것은 방귀 뀐 놈이 성내는 격이지. 그런데도 싸움을 걸어온다면 어쩔 수 없지요."

"그렇다 해도 그 몸으로는 아직 마음먹은 대로 움직일 수 없을 것입니다."

"걱정해주는 건 고맙지만 별일 없을 것이오. 그런데 부인께선 어디 계시오? 부인께도 인사를 드려야…….."

신조는 이미 떠날 채비를 마치고 일어섰다. 고스케가 아무리 만류해도 듣지 않아서 두 부부는 어쩔 수 없이 배웅을 하려는데, 마침 햇볕에 그을린 얼굴로 땀을 흘리며 무사시가 돌아왔다.

무사시는 신조를 보고 놀란 표정으로 물었다.

"신조 님, 대체 어디로 가시려고요? ……뭐요, 집으로 돌아가신다고요? ……그 정도로 건강을 되찾은 건 반가운 일이지만 혼자 가시면 도중에 위험할지도 모릅니다. 제때에 맞춰서 잘 돌아왔군요. 제가 히라카와텐진까지 배웅해드리겠습니다."

3

신조는 일단 사양했지만 무사시가 받아주지 않았다.

"아니요. 그렇게 하시지요."

신조는 결국 무사시의 호의를 받아들여 함께 고스케의 집을 나섰다.

"한동안 걷지 못하셨는데 힘들지 않으십니까?"

"어쩐지 땅바닥이 높이 솟아 보이는 것 같아서 이렇게 걸음을 옮기는 데 휘청휘청합니다."

"그렇겠지요. 히라카와텐진까지는 거리가 꽤 있으니 가마를 만나면 신조 님만이라도 타고 가시지요."

"실은 미처 말씀을 못 드렸는데, 오바타 도장에는 돌아갈 수 없습니다."

"그럼, 어디로……."

"염치 불구하고……."

신조는 고개를 숙였다.

"당분간 아버님께 가 있으려고 합니다."

그러고는 이내 행선지를 밝혔다.

"우시고메牛込입니다."

무사시는 가마를 발견하고 억지로 신조를 태웠다. 가마꾼이 무사시에게도 권했지만 무사시는 가마를 타지 않고 신조가 탄 가마 옆에 붙어서 걸어갔다.

"앗, 가마에 태웠어."

"이쪽을 봤어."

"수선 떨지 마라. 아직 이르다."

가마와 무사시가 바깥 해자를 보며 오른쪽으로 돌아가자 길모퉁이에 나타난 한 무리의 건달들이 제각기 옷자락을 걸어붙이거나 소매를 말아 올리고 그들의 뒤를 쫓았다.

한가와라의 부하들이다. 흡사 오늘 같은 날을 벼르고 있었다는 표정들이다. 모두들 무사시의 등과 가마를 향해 당장이라도 달려들 듯이 눈에서 광채를 내뿜고 있었다.

우시가후치牛ヶ淵까지 왔을 때였다. 가마 기둥에 돌멩이 하나가 날아와 부딪히더니 튕겨져 나갔다. 그와 동시에 멀리서 둘러싸고 있던 건달들이 소리쳤다.

"거기 서라!"

"이놈들아 기다려라!"

"멈춰라!"

"기다려라!"

이미 아까부터 겁에 질려 있던 가마꾼들은 그들을 보자 가마를 버리고 날아갈 듯 도망쳤다. 그 모습을 넘어서 다시 두세 개의 돌멩이가 무사시를 향해 날아왔다.

비겁해 보이는 것을 참지 못하는 신조는 칼을 들고 가마에서 내려 "나한테 기다리라고 한 거냐?"라며 싸울 자세를 취했다.

무사시는 그를 가로막으며 말했다.

"용건이 뭐냐?"

돌멩이가 날아온 쪽에서 대답했다. 건달들은 얕은 개울에서 발을 옮기듯 조금씩 다가왔다.

"잘 알 텐데?"

"그놈을 넘기거라. 허튼짓을 하면 네놈의 목숨도 없을 줄 알아라!"

그들은 동료의 말에 기세를 올리며 살기등등해졌다. 그렇다고 누구 하나 먼저 칼을 뽑아들고 달려드는 자는 없었다. 아직 무사시의 눈빛이 그것을 허락하지 않았다고도 할 수 있다. 건달들은 상당한 거리를 두고 떠들기만 했고, 무사시와 신조는 아무 말 없이 그들을 바라보고 있었다.

잠시 후 무사시가 뜬금없이 말했다.

"한가와라라는 너희들의 큰형님이 거기에 있느냐? 있으면 앞으로 나오라고 해라!"

그러자 건달들 속에서 흰 홑옷을 입고 목에 커다란 염주를 건 노인이 앞으로 나서며 말했다.

"큰형님은 안 계시지만, 큰형님이 부재중일 때는 연장자인 내가 책임자다. 나는 넨부쓰 다자에몬念仏太左衛門이라는 늙은이다. 어디 뭐라 말하는지 들어보자."

4

무사시가 말했다.

"너희들은 무슨 연유로 여기 계신 호조 신조 님에게 원한을 품은 것이냐?"

그러자 넨부쓰가 어깨를 으쓱이며 모두를 대신해서 말했다.

"형제를 둘이나 잃고도 가만히 있는다면 그건 우리 건달의 수치다."

"그러나 호조 님의 말을 들어보니 그전에 주로와 고로쿠라는 자가 사사키 고지로를 도와 오바타 가문의 제자들을 야습하지 않았느냐!"

"그건 그거고, 이건 이거다. 우리의 형제가 당하면 우리들 손으로 복수를 하지 않고는 건달 밥을 먹고 사내입네 하고 얼굴을 들고 다닐 수 없다."

"그렇군."

무사시는 고개를 끄덕여 보이고 다시 말했다.

"그건 너희들이 사는 세계에서는 그럴 것이다. 허나 무사의 세계는 다르다. 무사들의 세계에서는 이유 없는 원한은 허락되지 않는다. 무사는 의를 존중하고 명분을 위한 복수는 허락되지만 원한을 풀기 위한 행동은 남자답지 못하다고 손가락질을 받는다. 예를 들면 너희들처럼 말이다."

"뭐라, 우리들의 행동이 남자답지 못하다고?"

"사사키 고지로를 앞세워 무사로서 이름을 걸고 싸움을 걸어오면 몰라도 하수인이나 다름없는 너희들을 상대할 수는 없다."

"무사는 개뿔! 뭐라고 지껄이든 우리는 건달로서의 체면을 세워야 한다."

"같은 세상에서 무사와 건달의 법도가 부딪친다면 여기뿐 아니라 가는 곳마다 피를 흘릴 터. 넨부쓰, 그걸 판가름할 수 있는 곳은 부교쇼奉行所(각 부처의 장관인 부교의 관청)밖에 없다."

"뭐라고?"

"부교쇼에 가자. 그리고 거기서 시비를 가리도록 하자."

"닥쳐라. 부교쇼에 갈 생각이었다면 애초에 이런 수고는 하지 않았을 것이다."

"그대는 나이가 몇인가?"

"뭐라고?"

"그 나이가 되어서 젊은 자들 앞에 서서 무익한 살생을 당하겠다는 말인가?"

"잔말이 많구나. 이래 봬도 나 다자에몬은 싸움만은 나이를 먹지 않았다."

다자에몬이 와키자시脇差(일본도의 일종으로 큰 칼에 곁들여 허리에 차는 작은 칼)를 뽑아들자 뒤에 있던 자들도 일제히 함성을 지르며 달려왔다.

"쳐라!"

"넨부쓰를 보호하라!"

무사시는 다자에몬의 와키자시를 피하고 그의 목덜미를 잡아 열 걸음쯤 성큼성큼 끌고 가서 바깥 해자 속에 던져버렸다. 그리고 다시 건달들 속으로 뛰어들어 그들과 싸우고 있던 호조 신조를 빼내 옆구리에 끼고 그들이 놀라 허둥거리는 틈을 타서 번 개처럼 우시가후치 벌판을 내달려 구단 언덕九段坂의 중턱으로 뛰어 올라갔다.

5

우시가후치니 구단 언덕이니 하는 명칭은 훨씬 뒤에 붙여진 지명이다. 당시 그 근처는 울창한 수목으로 뒤덮여 있는 절벽과 바깥 해자로 모여드는 계류溪流랑 늪의 푸른 물을 머금고 있는 습지가 보일 뿐이었고, 지명으로서도 귀뚜라미 다리라든가 떡 나무 언덕과 같이 더없이 토속적인 이름을 가지고 있었다.

넋을 잃고 있는 건달들을 버려두고 언덕의 중턱까지 달려온 무사시는 옆구리에 끼고 있는 신조를 내려놓으며 주저하는 그 를 재촉했다.

"이제 됐다. 호조 님, 어서 도망칩시다."

건달들은 그제야 정신을 차리고 갑자기 또다시 기세를 올리 며 언덕 아래에서 쫓아오면서 저마다 소리쳤다.

"앗, 도망친다!"

"놓치지 마라!"

"겁쟁이."

"입만 살았구나."

"부끄러운 줄 알아라!"

"그러고도 무사냐?"

"감히 우리들의 방장을 해자에 처넣었겠다! 돌아와라, 이놈!"

"이젠 무사시도 우리의 적이다!"

"이놈들 기다려라!"

"비겁한 놈!"

"부끄러운 줄도 모르는 놈."

"가짜 무사야!"

"서지 못할까?"

각양각색의 욕설과 고함이 등 뒤에서 날아왔지만, 무사시는 눈길도 주지 않고 호조 신조를 재촉했다.

"도망치는 게 최선이오."

그러고는 웃으면서 중얼거렸다.

"도망치는 것도 쉬운 일은 아니군."

이윽고 무사시와 신조는 그들의 추격권에서 벗어났다. 뒤를 돌아보니 더 이상 쫓아오는 모습은 보이지 않았다. 병상에서 일어난 지 얼마 되지 않은 신조는 뛰기만 했는데도 얼굴이 창백해져서 숨을 헐떡이고 있었다.

"힘 드시죠?"

"아…… 아니…… 그렇지는 않습니다만."

"그들의 욕을 들으니 분한 것이오?"

"……."

"하하하, 좀 진정되고 나면 알게 될 겁니다. 때로는 도망치는 것도 유쾌한 일이라는 것을요. ……저기 시내가 있군요. 목을 좀 축입시다. 그러고 나서 댁까지 바래다드리겠소."

아카기赤城의 숲이 보이기 시작했다. 호조 신조의 집은 그 아카기 신사의 아래에 있었다.

"집에 꼭 들르셔서 제 아버님도 뵈었으면 좋겠습니다."

신조가 말했지만 무사시는 붉은 흙으로 된 흙담이 보이는 곳까지 와서 이렇게 말하고 돌아갔다.

"또 뵐 기회가 있겠지요. 몸조리 잘하십시오."

이 일이 있고 난 뒤 무사시의 이름은 에도 거리에서 더욱 유명해졌다.

"그는 소문만 번드르르한 자야."

"비겁자의 표본이다."

"부끄러운 줄도 모르고 무사도를 더럽힌 자다. 그자가 교토에서 요시오카 일문을 상대로 싸웠다지만, 필시 요시오카가 약했거나 아니면 교묘히 도망친 뒤 허명을 판 것이 분명해."

유명해졌다는 것은 바로 이런 악평 때문이었는데 누구 하나 무사시를 변호하는 사람은 없었다. 왜냐하면 그 후 한가와라의 무리들이 입을 모아서 무사시의 험담을 퍼뜨리고 다녔을 뿐만 아니라 에도의 거리마다 공공연하게 이런 팻말을 수십 개나 세워놓았기 때문이다.

언젠가 우리에게 등을 보이고 꽁무니를 친
미야모토 무사시에게 고하노라.
혼이덴 가의 노파도 원수인 너를 찾고 있다.
우리도 형제의 원한이 있다.
나타나지 않으면 무사이기를 포기한 것으로 알겠다.
한가와라 일동

(8권으로 이어집니다)

영원의 검 7

요시카와 에이지 대하소설

미야모토 무사시 | 7 | 공空의 권 下

한국어판 ⓒ 도서출판 잇북 2020

1판 1쇄 인쇄 2020년 2월 3일
1판 1쇄 발행 2020년 2월 7일

지은이 | 요시카와 에이지
옮긴이 | 김대환
펴낸이 | 김대환
펴낸곳 | 도서출판 잇북

책임디자인 | 한나영
인쇄 | 에이치와이프린팅

주소 | (10893) 경기도 파주시 와석순환로 347, 212-1003
전화 | 031)948-4284
팩스 | 031)624-8875
이메일 | itbook1@gmail.com
블로그 | http://blog.naver.com/ousama99
등록 | 2008. 2. 26 제406-2008-000012호

ISBN 979-11-85370-32-3 04830
ISBN 979-11-85370-25-5(세트)

이 도서의 국립중앙도서관 출판예정도서목록(CIP)은 서지정보유통지원시스템 홈페이지(http://seoji.nl.go.kr)와 국가자료종합목록 구축시스템(http://kolis-net.nl.go.kr)에서 이용하실 수 있습니다. (CIP제어번호 : CIP2020002031)